MIJN HELD

II

MIJN HELD

Een waargebeurd sprookje voor alle leeftijden

Ineke van Lier

Marjolein Vink

AERIAL MEDIA COMPANY

Omslagidee: Marjolein Vink en Ineke van Lier
Omslag en binnenwerkillustraties: Marjolein Vink
Vormgeving: Teo van Gerwen Design BNO

www.mijnheld.nu
www.aerialmediacom.nl
www.facebook.com/Aerialmediacompany

ISBN 978-94-026-0188-6
NUR 370
© 2017 Tekst: Ineke van Lier
© 2017 Illustraties: Marjolein Vink
© 2017 Nederlandstalige uitgave: Aerial Media Company bv, Tiel
1ste druk

Blijf op de hoogte van het laatste nieuws over onze producten en auteurs!
Schrijf je in op onze nieuwsbrief op www.aerialmediacom.nl.

Aerial Media Company bv
Postbus 6088
4000 HB Tiel

Alle rechten voorbehouden. Niets uit deze uitgave mag worden verveelvoudigd, opgeslagen in een geautomatiseerd gegevensbestand, of openbaar gemaakt, in enige vorm of op enige wijze, hetzij elektronisch, mechanisch, door fotokopieën, opnamen, of op enige andere manier, zonder voorafgaande schriftelijke toestemming van de uitgever.

Voor zover het maken van kopieën uit deze uitgave is toegestaan op grond van artikel 16 Auteurswet 1912, juncto het Besluit van 20 juni 1974, Stb. 351, zoals gewijzigd bij het Besluit van 23 augustus 1985, Stb. 471 en artikel 17 Auteurswet 1912, dient men de daarvoor wettelijk verschuldigde vergoedingen te voldoen aan de Stichting Reprorecht (Postbus 3060, 2130 KB, Hoofddorp).
Voor het overnemen van gedeelte(n) uit deze uitgave in bloemlezingen, readers en andere compilatiewerken dient men zich tot de uitgever te wenden.

To all the dogs I've loved before...

||||

||||| |

'Most people do not really want freedom,
because freedom involves responsibility
and most people are frightened of responsibility'
— Sigmund Freud

'I learned that courage was not the absence of fear,
but the triumph over it.
The brave man is not he who does not feel afraid,
but he who conquers that fear.'
— Nelson Mandela

'Heroes put their Best Selves forward
in service to Humanity
— that could be YOU!'
— Philip Zimbardo

𝍦 𝍡

Ergens in ons landje
zat stil en droef alleen
een hond in een asiel, och.
Het dier kon nergens heen.

Dorus was zijn naam en
als je die zachtjes zei,
ging zijn staart bewegen,
leek hij toch even blij.

Zijn ogen en zijn vacht
hadden hun glans verloren.
Het enige wat nog fier stond
waren zijn grote oren.

Daarmee scande hij de lucht
— al een halfjaar lang, helaas —
op de zo vertrouwde stem
van zijn oude baas.

Een half uur rijden daar vandaan
zat een man op bed te zuchten.
Kon hij maar weer buiten zijn
en niet alleen maar 'luchten'...

Zijn naam was David (maar niet heus,
dat mag je rustig weten).
Hoe hij ooit was, wat hij toen deed,
wou hij voorgoed vergeten.

Het leek wel of de wereld
steeds tegen hem was geweest.
Dat hij nu buitenspel stond
speet hem nog het meest.

Door dertien dikke deuren
was hij in het gevang gekomen.
Diezelfde weg er gauw weer uit,
daarvan kon hij slechts dromen.

̄̄̄|̄|̄|̄|̄ ̄̄̄|̄|̄|̄|̄ ̄̄̄|̄|̄|̄|̄ |

Zo zaten beiden, man en hond,
behoorlijk weg te kwijnen.
Dat was natuurlijk niet gezond.
Konden die tralies maar verdwijnen!

Stel... Hoe zou het leven zijn,
als ze vrij en op hun best
mochten werken voor een baas
zonder opsluiting of arrest...

Wie trok zich van hun lot iets aan?
Leefde iemand met hen mee?
Als god echt van zijn schepselen hield,
stuurde hij dan geen goede fee?

Nu weten wij best allemaal
dat feeën niet bestaan.
Anders had dat toch allang
in elke krant gestaan?

𝍤 𝍤 𝍤 𝍤

Maar wie waren dan die meiden,
die op een goede dag
het hok van de asielbaas
vulden met hun lach?

'Asielhonden', zo spraken zij,
'zijn als huizen in verval.
Mensen denken: wat een krot.
Maar wij zien het paleisje al.'

̶|̶|̶|̶|̶| ̶|̶|̶|̶|̶| ̶|̶|̶|̶|̶| ̶|̶|̶|̶|̶| |

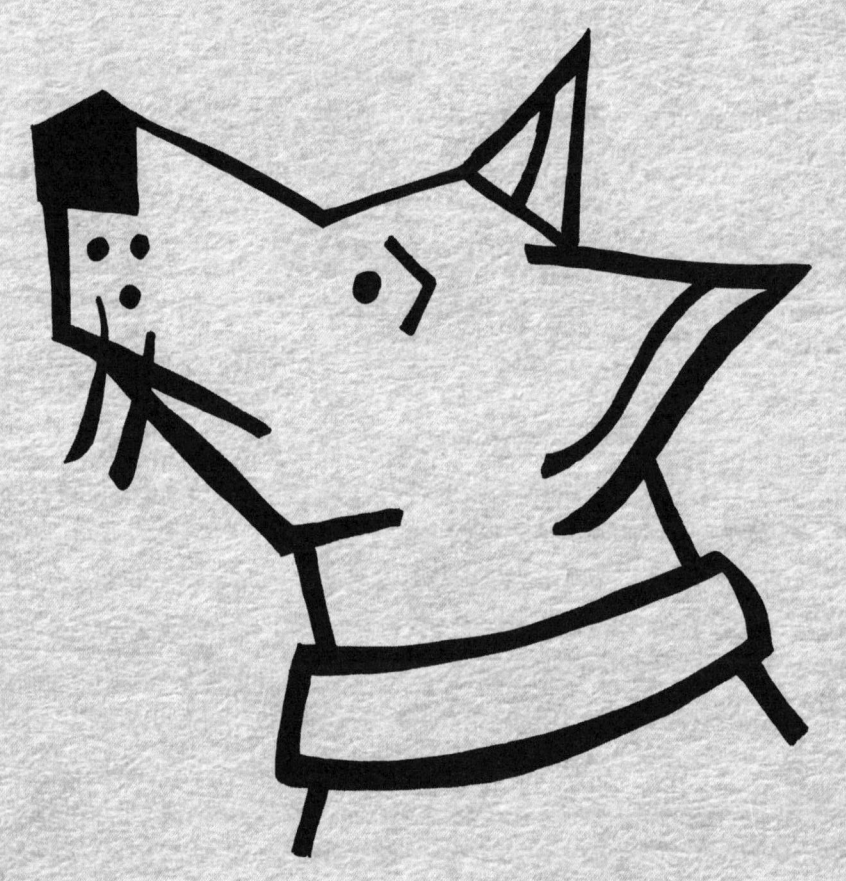

'Een stinkerd met een doffe vacht
krijgt bij ons een kans.
Wat dan gebeurt, je zult het zien:
zo'n dier krijgt echt weer glans.'

Dorus stak zijn neus omhoog
en snoof de geuren in.
Er hing iets in de lucht ineens.
Een soort van nieuw begin.

Omdat zijn hok het voorste was,
kon hij vaag iets verstaan
over 'uitgekozen worden'.
Kreeg hij soms weer een baan?

Hè stil nou, ganggenoten!
Jullie heilloos hard geblaf
joeg straks nog het bezoek weg.
Dan waren ze terug bij af.

Nog spitser werden zijn oren
bij het horen van zijn naam.
'Dorus komt uit een politielijn.'
Dat klonk wel zeer bekwaam.

'Maar mensen vinden hem te oud,
hij heeft een grijze snuit.'
'Precies, en dat is jammer, want
die hond, die moet hier uit!'

Hier uit! Hier uit! Hier uit! Hier uit!
Zijn hartje danste rond.
Dit was zijn kans, hier was het plan:
wees de allerbraafste hond.

De spierbundel, de zenuwpees,
de felle, de bange, de schat;
ze werden een voor een gehaald.
Man, dat was me wat.

|||| |||| |||| |||| |||| ||||

Mochten zij mee? Waarom? Hoezo?
Dorus werd haast gek.
Hij hoorde stemmen, maar zag niet
wat ze deden op de buitenplek.

Door een erehaag van geblaf
trad ten slotte Dorus aan.
Voorwaarts, hup, met volle kracht
— en toen zag hij hen staan.

De ene kort, de ander lang,
maar dit hadden ze gemeen:
als Marlies en Betty praatten,
sprankelde er iets om hen heen.

'Wij worden echte maten',
beloofde Marlies blij.
'En in dit tuig loop jij er
als een blitse kikker bij.'

Ze noemden hem een knappe vent,
en leuk en sterk en zacht.
Dorus deed gauw zit-poot-lig.
Marlies wist wat hij dacht:

'Morgen mag je aan het werk
dan krijg je worst en brokken.'
Prompt moest hij zijn hok weer in.
Marlies zou toch niet jokken?

|||| |||| |||| |||| |||| |||| |||| |

Daarna stoven de meiden er
in hun busje snel vandoor.
Het ronken van de motor —vroem!—
klonk na in Dorus' oor.

Langzaam aan vergleed de dag.
De honden legden zich neer
bij wat niet te veranderen was.
En de rust keerde weer.

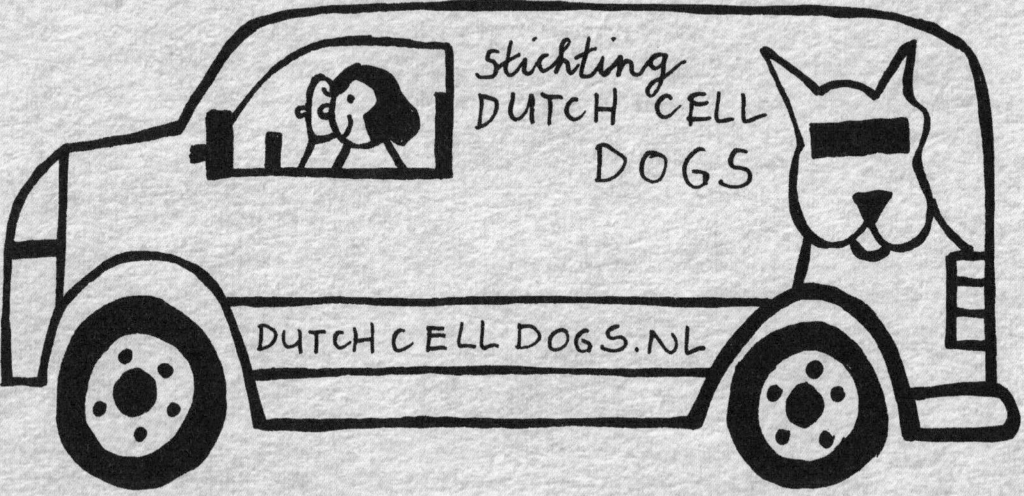
stichting
DUTCH CELL
DOGS
DUTCHCELLDOGS.NL

Maar niet voor lang, want slaap
en rust pasten nou niet precies
in de wondermooie droom
van Betty en Marlies.

Gewerkt moest er worden.
En voort sjeesden zij dus.
Pal voor Davids gevangenis
parkeerden zij hun bus.

//// //// //// //// //// //// //// ////

卌 卌 卌 卌 卌 卌 卌 卌

Wat zochten zij in zo'n duister oord?
Waren ze de weg soms kwijt?
Opgewekt drukten ze op de bel.
'Zo, we zijn mooi op tijd.'

De grote poort schoof open.
Bewakers knikten gedag.
'Geef ons uw pas, dan kijken wij
of u naar binnen mag.'

⊞ ⊞ ⊞ ⊞ ⊞ ⊞ ⊞ ⊞ |

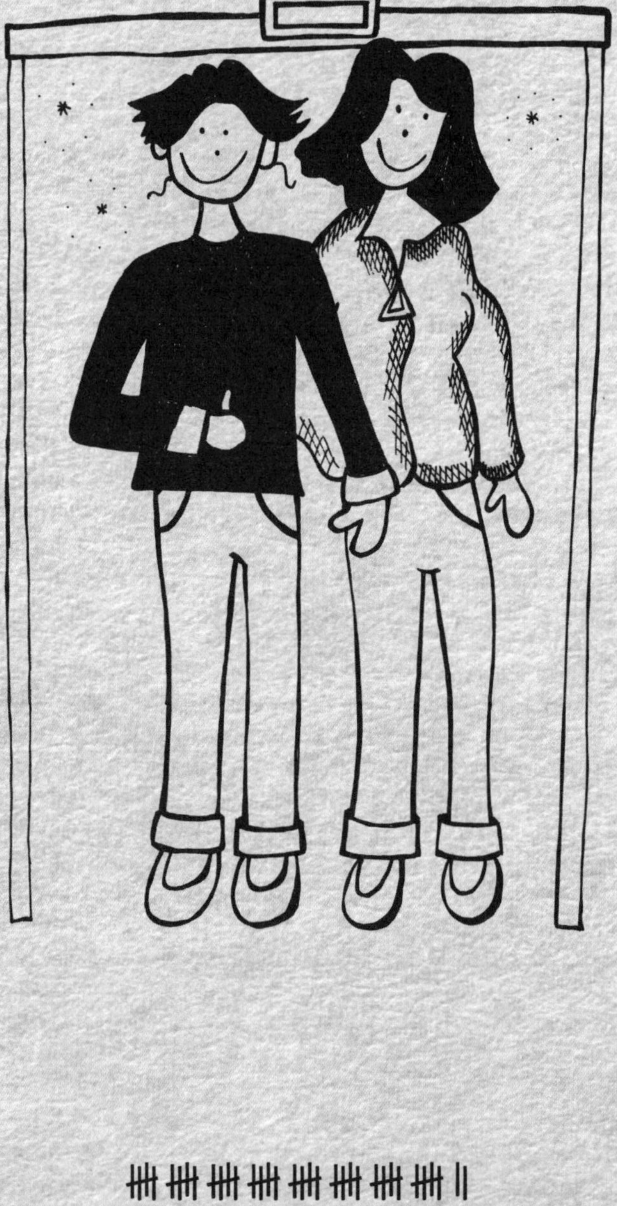

Hun spijkerbroek en zwarte trui dienden
vast als vermomming, want hee;
wie licht brengt in het donker,
die is toch een goede fee?

Maar ook de metaaldetector
bespeurde niets verdachts.
Misschien zag je die feeënkracht
alleen om twaalf uur 's nachts...

𝍤 𝍤 𝍤 𝍤 𝍤 𝍤 𝍤 𝍤 𝍤 ||||

Voor de gekozen honden
hielden zij een datingshow.
Zes knappe kandidaten
meldden zich aan hun bureau.

David was er een van.
'Zo'n hond verdient een kans',
vond hij als grote dierenvriend.
Met wie had hij straks sjans?

卌 卌 卌 卌 卌 卌 卌 卌 卌

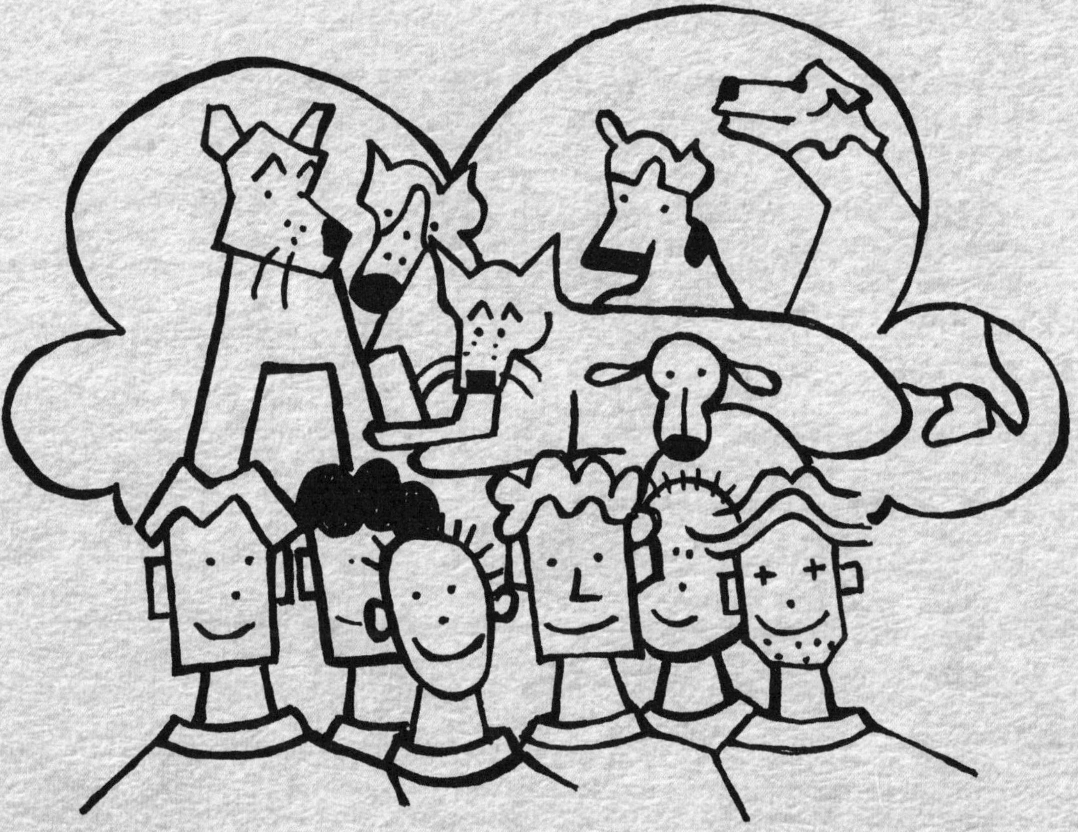

'De mooiste, de liefste, de grootste,

is wat alle mannen willen.

Wij bepalen de beste match.

We gaan niet in op hun grillen.'

Wie hoopte op een makkie

was aan het verkeerde adres.

'Het wordt straks keihard werken.

Geen flauwe knuffel-les.'

𝍷𝍷𝍷𝍷𝍷 𝍷𝍷𝍷𝍷𝍷 𝍷𝍷𝍷𝍷𝍷 𝍷𝍷𝍷𝍷𝍷 𝍷𝍷𝍷𝍷𝍷 𝍷𝍷𝍷𝍷𝍷 𝍷𝍷𝍷𝍷𝍷 𝍷𝍷𝍷𝍷𝍷 𝍷𝍷𝍷𝍷𝍷 𝍷𝍷

‖‖ ‖‖ ‖‖ ‖‖ ‖‖ ‖‖ ‖‖ ‖‖ ‖‖ ‖‖ ‖‖

'We zoeken flinke kerels,
die acht weken alles geven
om een 'hopeloos geval'
te helpen naar een beter leven.'

'Jullie gaan de honden leren
wat goed gedrag inhoudt.
Met beloning en geduld;
bij ons wordt niet gesnauwd.'

|||| |||| |||| |||| |||| |||| |||| |||| |||| |||

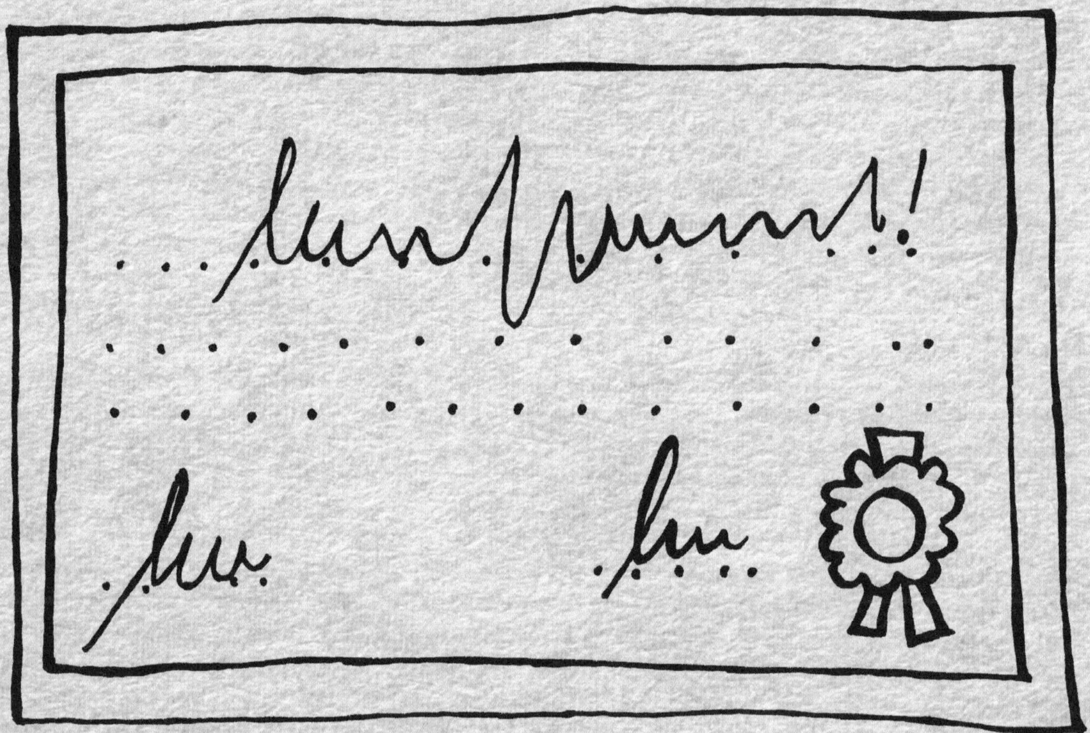

'Train je trouw en toegewijd
je tijdelijke vriend,
dan is een mooi getuigschrift
wat ons betreft verdiend.'

'Bij geweld of druggebruik
nemen wij een hard besluit:
maak jij je daaraan schuldig,
dan ligt jouw hond eruit!'

̶̶̶̶̶ ̶̶̶̶̶ ̶̶̶̶̶ ̶̶̶̶̶ ̶̶̶̶̶ ̶̶̶̶̶ ̶̶̶̶̶ ̶̶̶̶̶ ̶̶̶̶̶ ̶̶̶̶̶ |

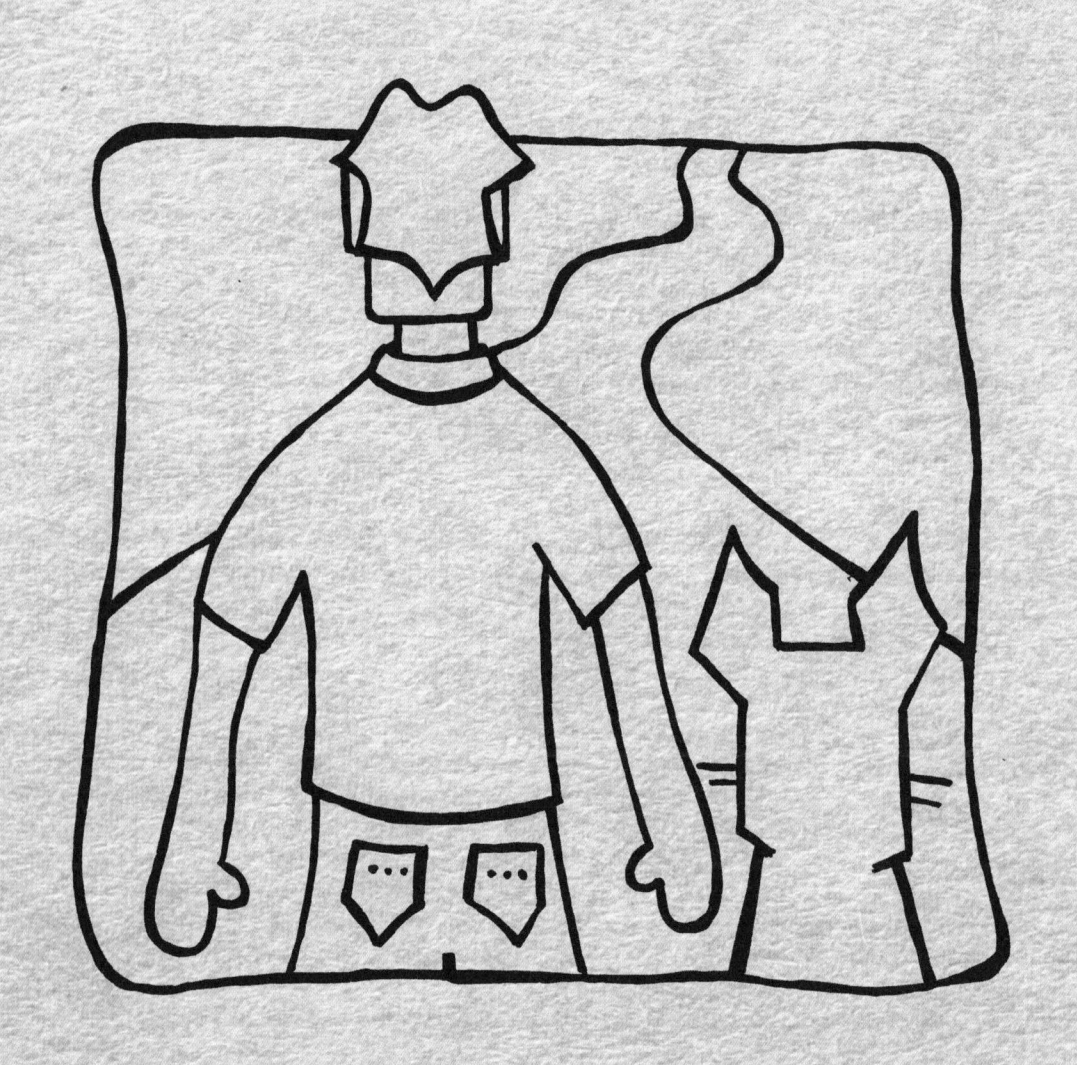

||||| ||||| ||||| ||||| ||||| ||||| ||||| ||||| ||||| ||||| ||

'Kom maar op,' dacht David.
'Aan mij heb je de juiste man.
Die hond krijgt weer een toekomst.
Ik zal bewijzen dat ik dat kan.'

'Ik kom voorlopig nog niet vrij,
maar ik doe alles wat mag
om een beter mens te worden,
want ooit komt wel die dag...'

𝍷𝍷𝍷𝍷 𝍷𝍷𝍷𝍷 𝍷𝍷𝍷𝍷 𝍷𝍷𝍷𝍷 𝍷𝍷𝍷𝍷 𝍷𝍷𝍷𝍷 𝍷𝍷𝍷𝍷 𝍷𝍷𝍷𝍷 𝍷𝍷𝍷𝍷 𝍷𝍷𝍷𝍷 𝍷𝍷𝍷

卌 卌 卌 卌 卌 卌 卌 卌 卌 卌 卌 ||||

'Eén ding moet je weten:
ik heb een vrij kort lontje.
Dus doe me alsjeblieft een lol,
geef mij geen klein druk hondje.'

'Voor zo'n eigenwijze keffer
die alsmaar flauwekult
en hijgt en springt en doordraait,
heb ik geen geduld.'

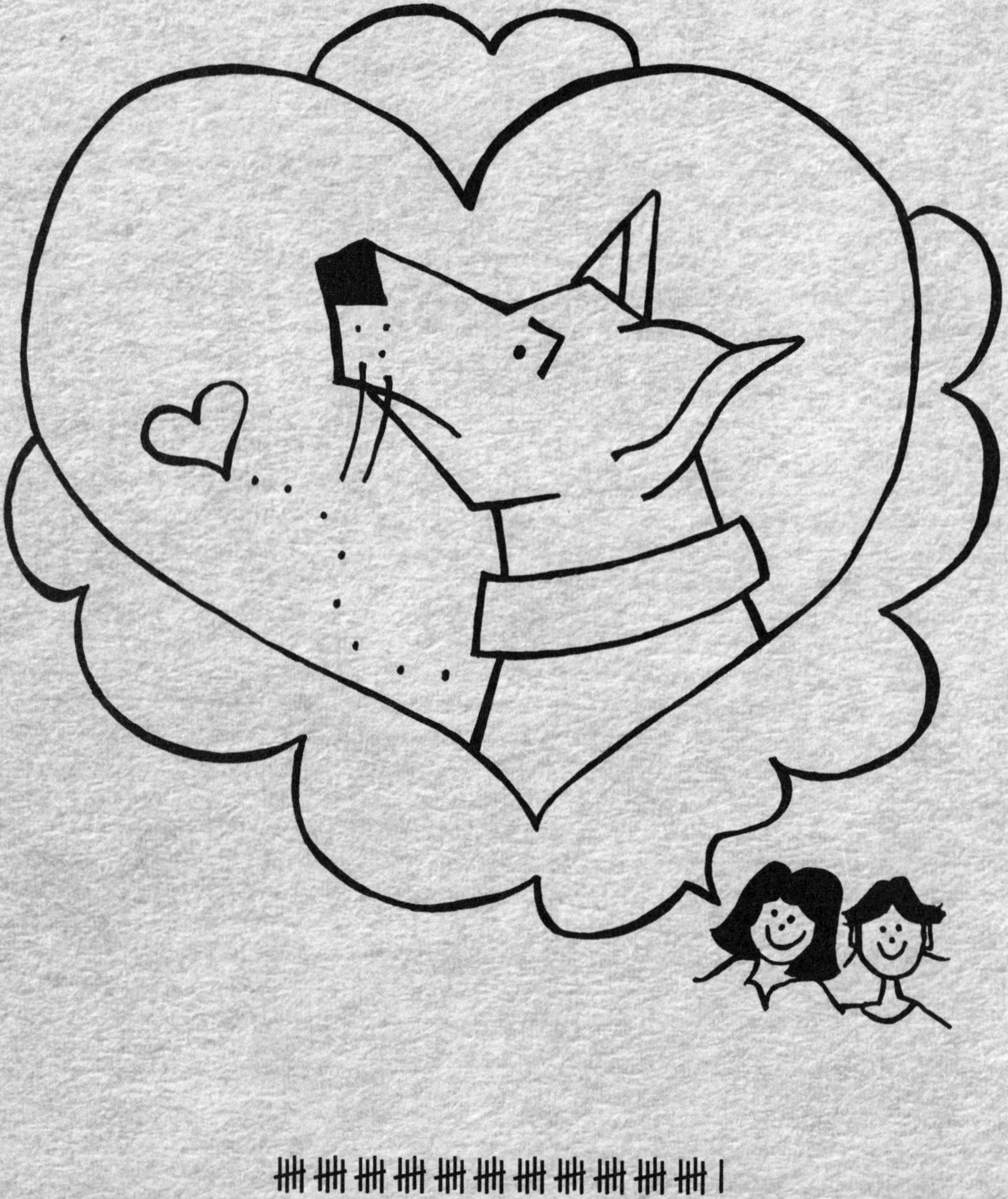

De meiden dachten aan een hond,
kalm en verre van klein,
die zich niet gek liet maken,
mocht David gespannen zijn.

'Die Dorus is perfect voor hem:
sterk en lekker groot
en met een hart van goud: als 't kon,
kroop hij bij hem op schoot.'

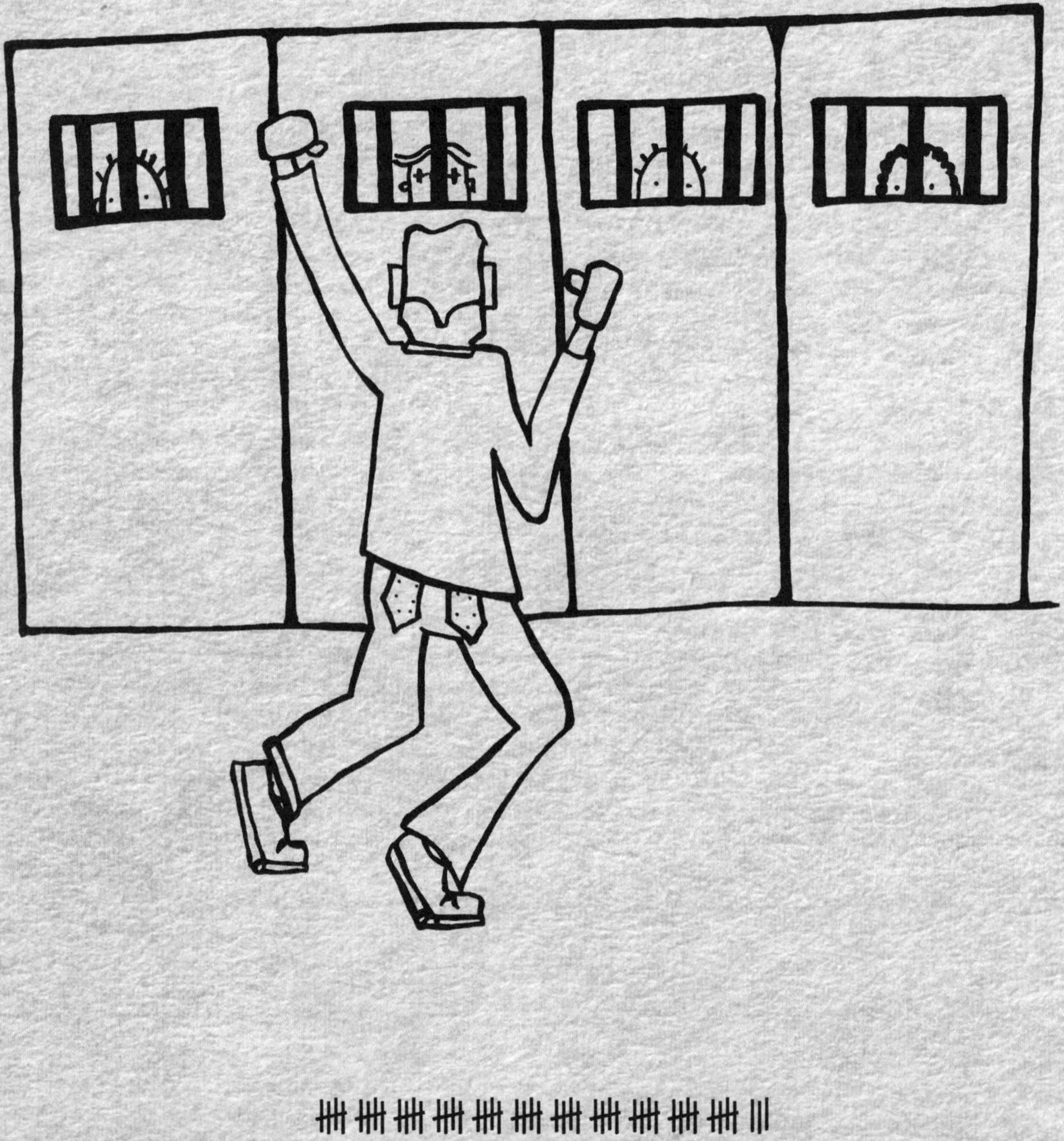

David liep terug naar zijn cel.
Zijn stappen plots vol kracht.
Het pad naar vrijheid voelbaar
als een sprankje in zijn hart.

Geschreeuw van medegevangenen
liet hem koud vandaag.
In hem brandde maar één doel:
bevrijden wilde hij graag.

𝍶 𝍶 𝍶 𝍶 𝍶 𝍶 𝍶 𝍶 𝍶 𝍶 𝍶 ||||

Die nacht sliepen in eenzaamheid
maar door feeënlicht verbonden
twee zielen, verkoren uit een groep
gevangenen en honden.

Er wachtte hun een avontuur,
haast te mooi om waar te zijn.
Het denderde recht op hen af
als een niet te stoppen trein.

卌 卌 卌 卌 卌 卌 卌 卌 卌 卌 卌 卌 |

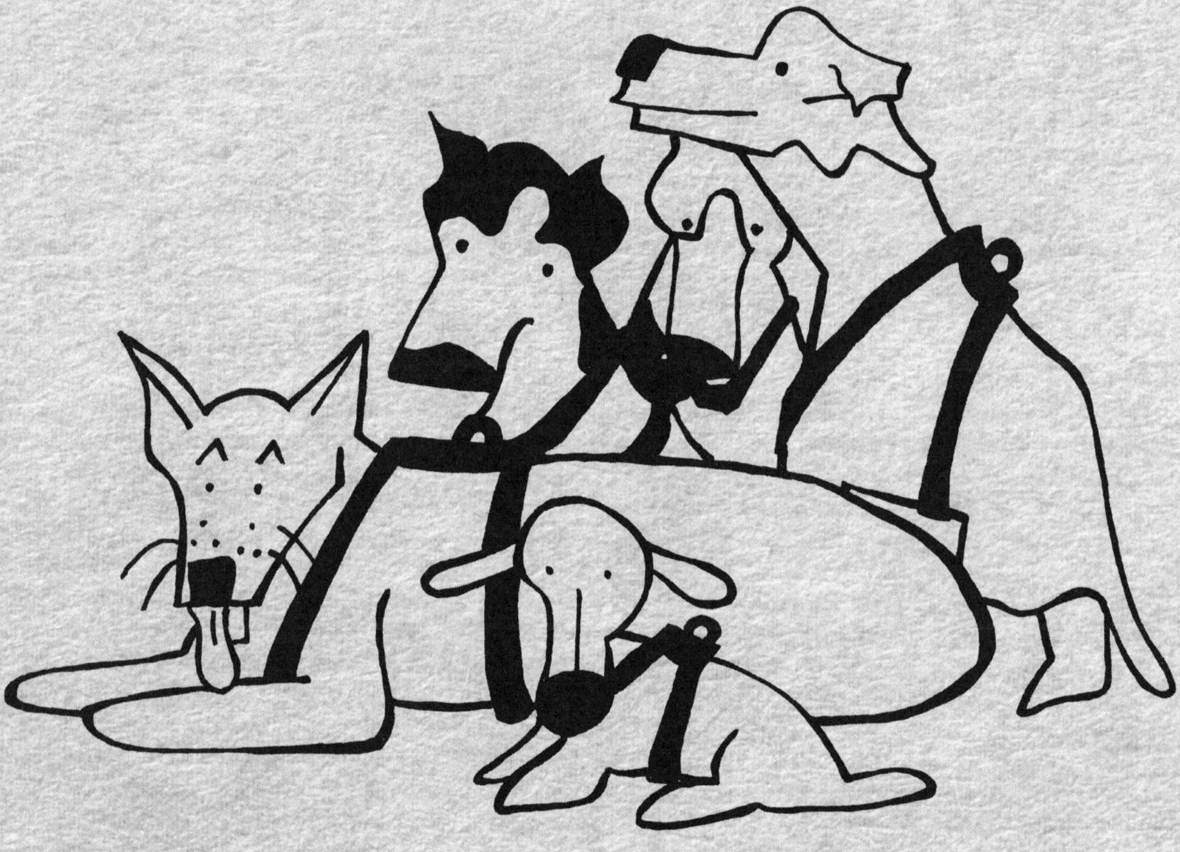

De volgende dag begon normaal
voor Dorus en zijn maten.
Pas rond de middag bleek in welk
complot zij samen zaten.

Zij kregen elk hun tuig weer aan —
het leek een geheim verbond.
Wonderlijk; Dorus voelde zich
opeens een speciale hond.

𝍪 𝍪 𝍪 𝍪 𝍪 𝍪 𝍪 𝍪 𝍪 𝍪 𝍪 𝍪 𝍪 |||

stichting
DUTCH CELL
DOGS

DUTCHCELLDOGS.NL

𝍷𝍷𝍷 𝍷𝍷𝍷 𝍷𝍷𝍷 𝍷𝍷𝍷 𝍷𝍷𝍷 𝍷𝍷𝍷 𝍷𝍷𝍷 𝍷𝍷𝍷 𝍷𝍷𝍷 𝍷𝍷𝍷 𝍷𝍷𝍷 𝍷𝍷𝍷 𝍷𝍷𝍷 𝍷𝍷𝍷 ||||

'Vroem!' En wat klonk daar dan
voor een bekend geluid?
De autobus van gister!
Marlies stapte eruit.

'Kom, dametjes en heren,
hebben jullie ook zo'n zin?
Jullie mogen mee trainen.
Goed zo, spring er maar in.'

̶̶

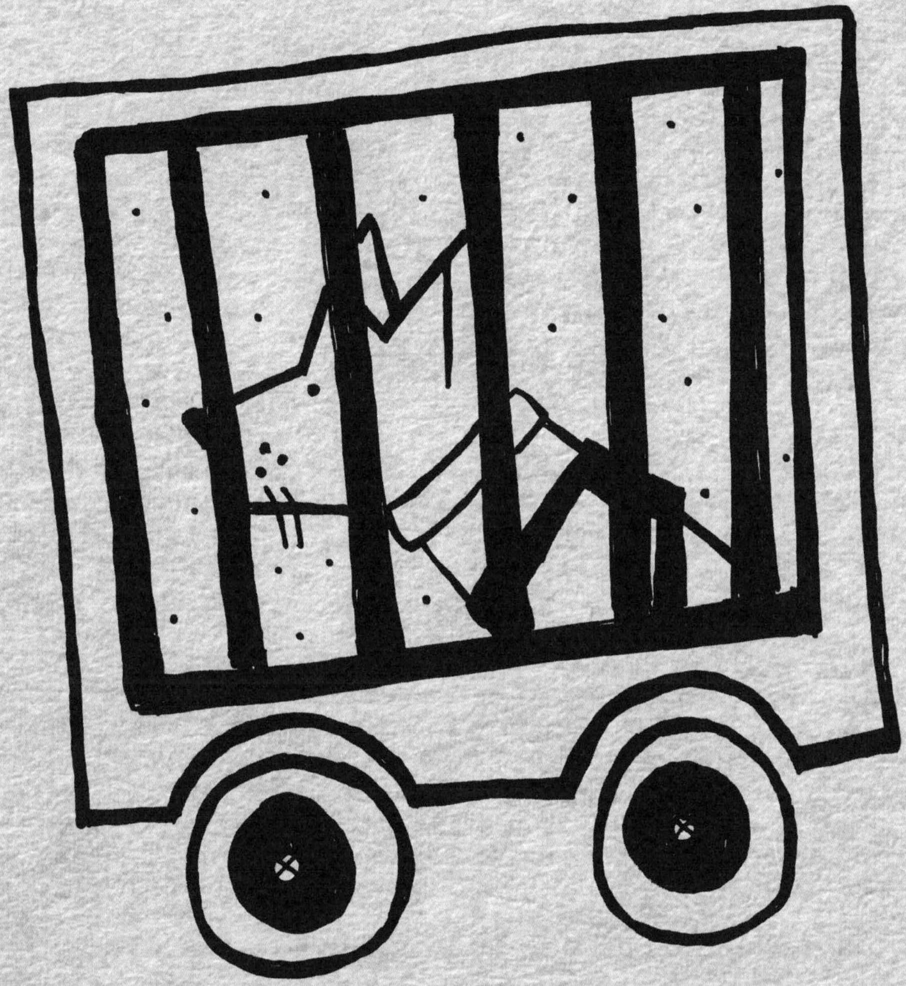

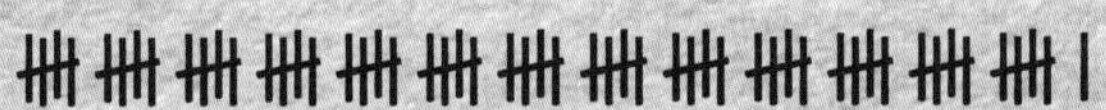

Voor hij het wist, zat Dorus
in een rijdende kooi op wielen
met de bibbers in zijn lijf:
wat zou die vrouw bezielen?

Stil van schrik reed het zestal mee.
Marlies stuurde ongestoord
haar bus over de wegen en
door slagboom, hek en poort.

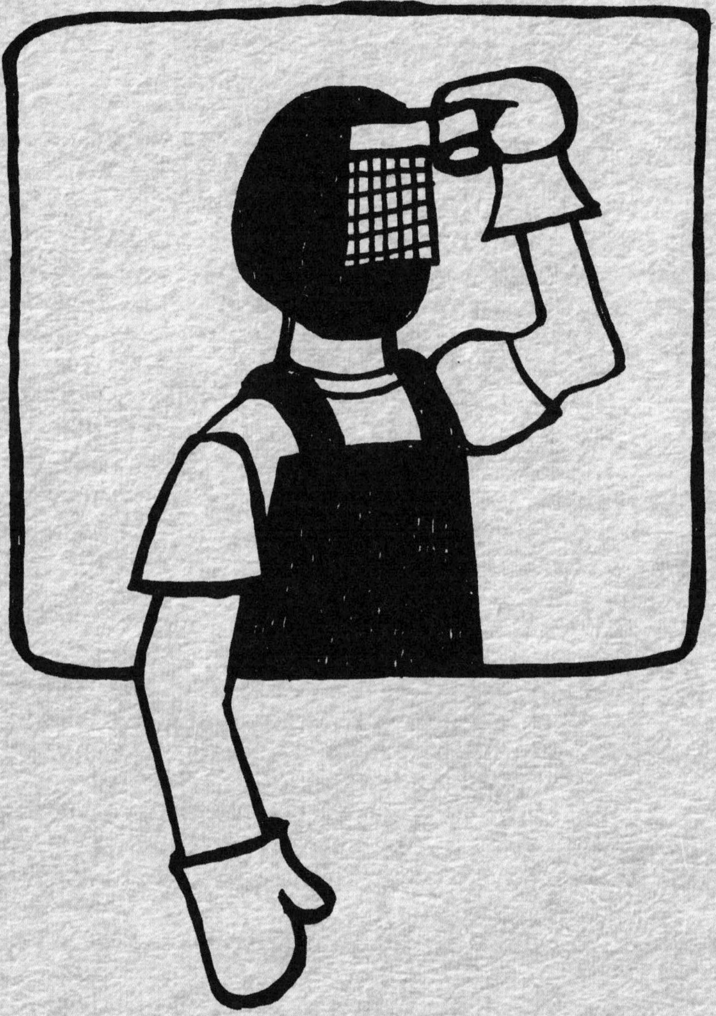

David, die leerde voor lasser,
legde zijn werktuig neer.
Nu stond een ander z'n toekomst voorop.
Van een hond, deze keer!

Samen met vijf medetrainers
betrad hij het terrein
waar hij de komende maanden
twee keer per week zou zijn.

卌 卌 卌 卌 卌 卌 卌 卌 卌 卌 卌 卌 卌 卌 ||||

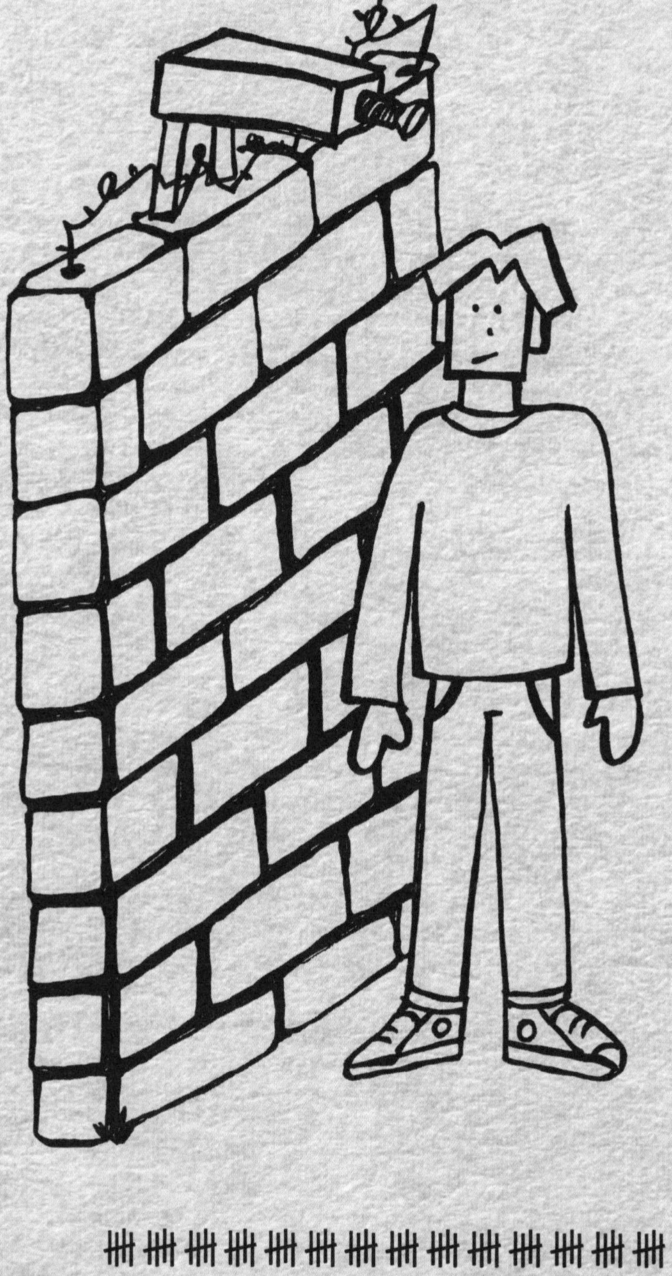

Tussen muren met prikkeldraad
en camera's erop,
bekeken door bewakers,
snoof hij de buitenlucht op.

Marlies wees hen op haar bus:
'De honden zitten klaar.
Maar eerst vertel ik wie zij zijn.
De les is niet zonder gevaar.'

̶̶̶̶̶̶̶̶̶̶̶̶̶̶̶̶̶̶̶̶

𝍩𝍩𝍩𝍩𝍩𝍩𝍩𝍩𝍩𝍩𝍩𝍩𝍩𝍩𝍫

Van alle zes de honden
besprak zij de ins en outs.
Het leken wel net mensen;
ieder deed al eens wat stouts.

De een vertrouwde niemand,
een ander werd agressief,
maar in hun hart waren zij toch
ook gewoon heel lief.

卌 卌 卌 卌 卌 卌 卌 卌 卌 卌 卌 卌 卌 卌 卌 |||

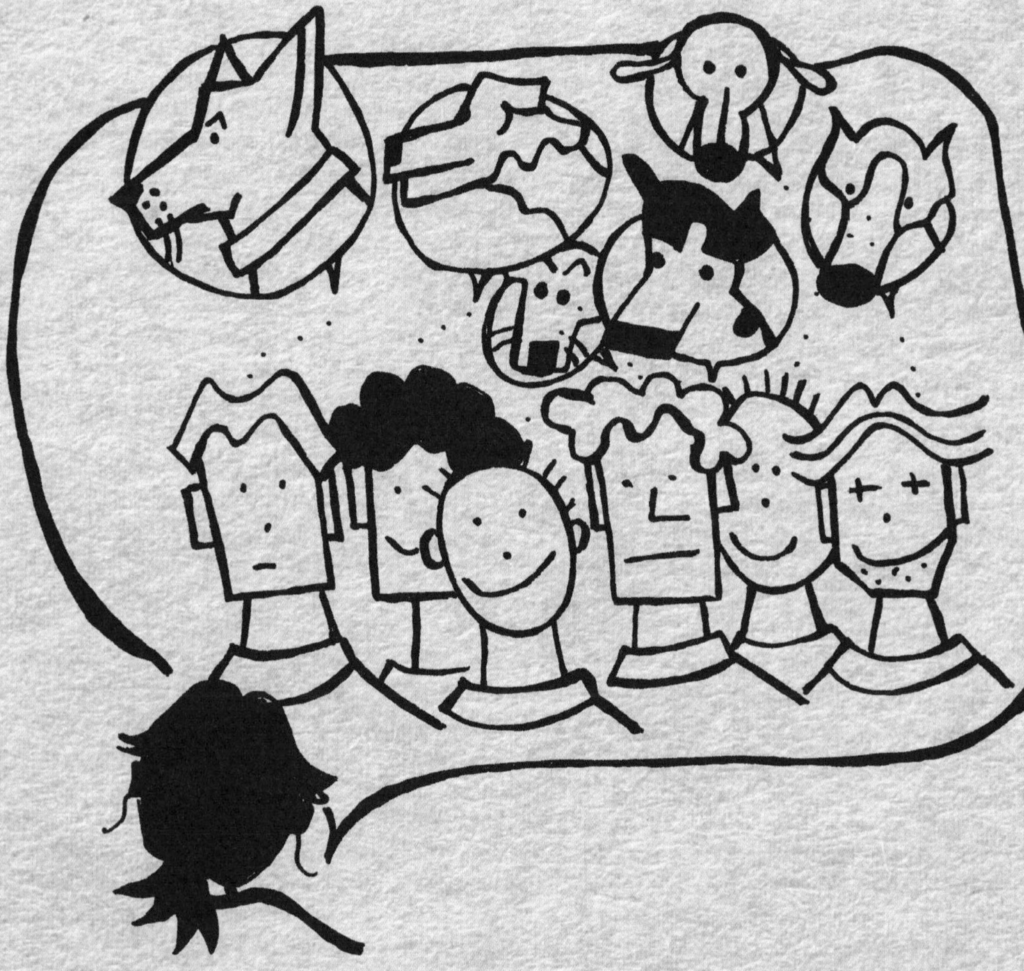

'Oké mannen, nu is het tijd
dat ik elk van jullie zeg
wie welke hond gaat trainen.
Bevalt het niet, heb je pech.'

'Je kent de regels, dus je weet:
met deze hond moet je 't doen.
Niet ruilen, niet huilen, gewoon ervoor gaan
en toon je goede fatsoen.'

⦀⦀⦀⦀⦀⦀⦀⦀⦀⦀⦀⦀⦀⦀⦀

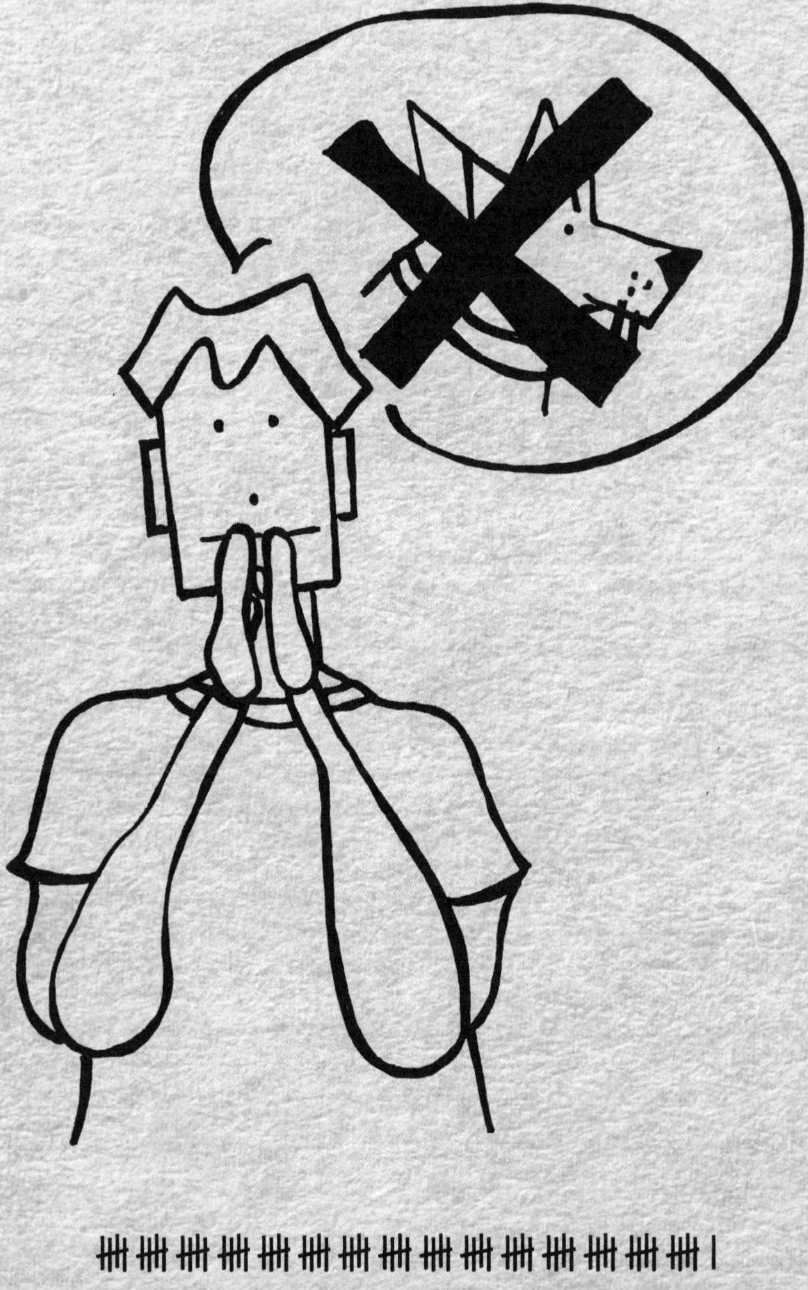

Van alle hondenrassen
die David had gehoord,
van Stafford tot Jack Russel,
had één hem niet bekoord.

'O help, o nee, o help, o nee',
bad hij met groeiende angst.
'Geef mij niet de herder,
want daarvoor ben ik het bangst.'

卌 卌 卌 卌 卌 卌 卌 卌 卌 卌 卌 卌 卌 卌 ||

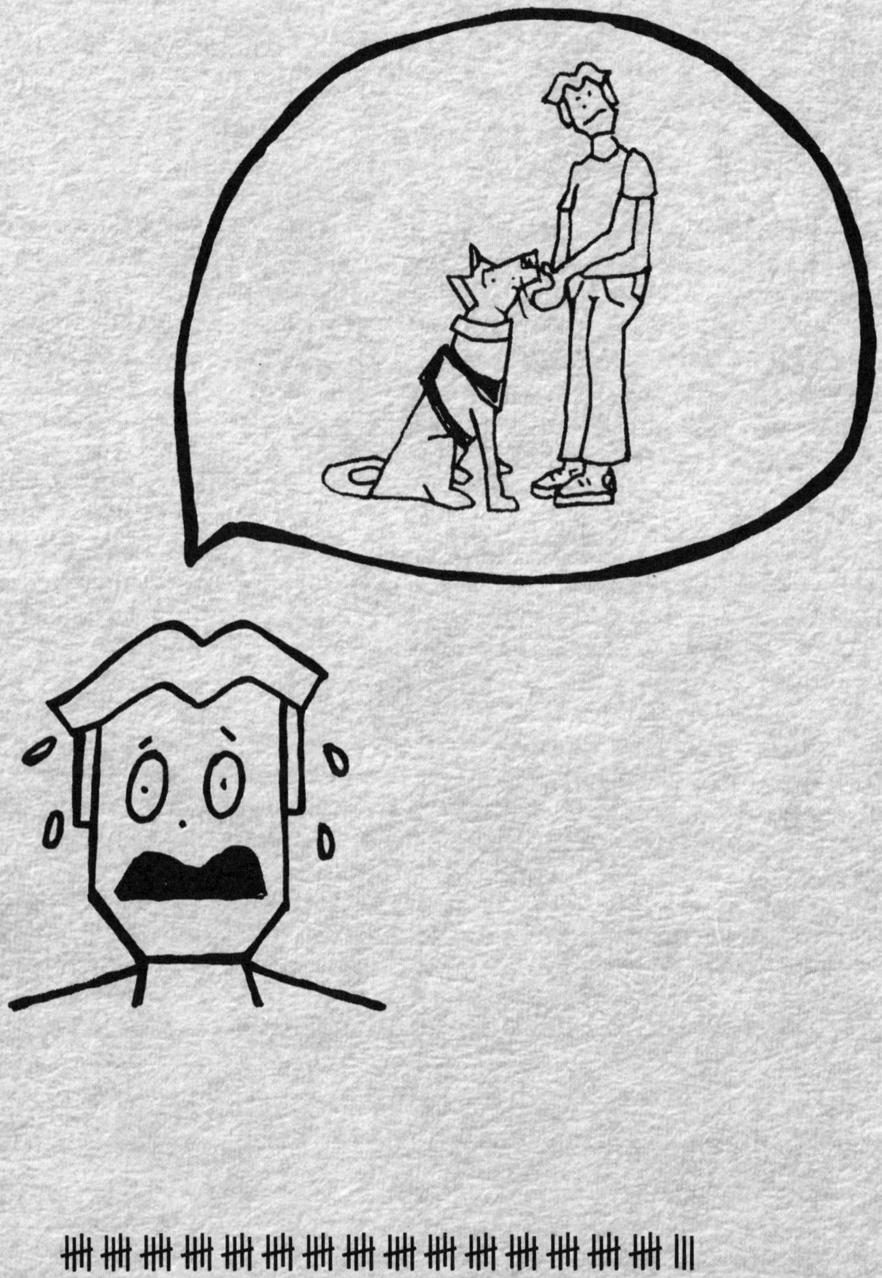

'David!' — Oow, daar had je het al...
Hij stond met een dichte keel.
'Jij mag met Dorus aan de gang.
Dus je boft, die kan al veel.'

Zijn schoenen leken plots vol lood.
Was hij nou maar eerlijk geweest
over zijn diep verborgen angst.
Nu zat hij met dit... beest.

𝍫 𝍫 𝍫 𝍫 𝍫 𝍫 𝍫 𝍫 𝍫 𝍫 𝍫 𝍫 𝍫 𝍫 ||||

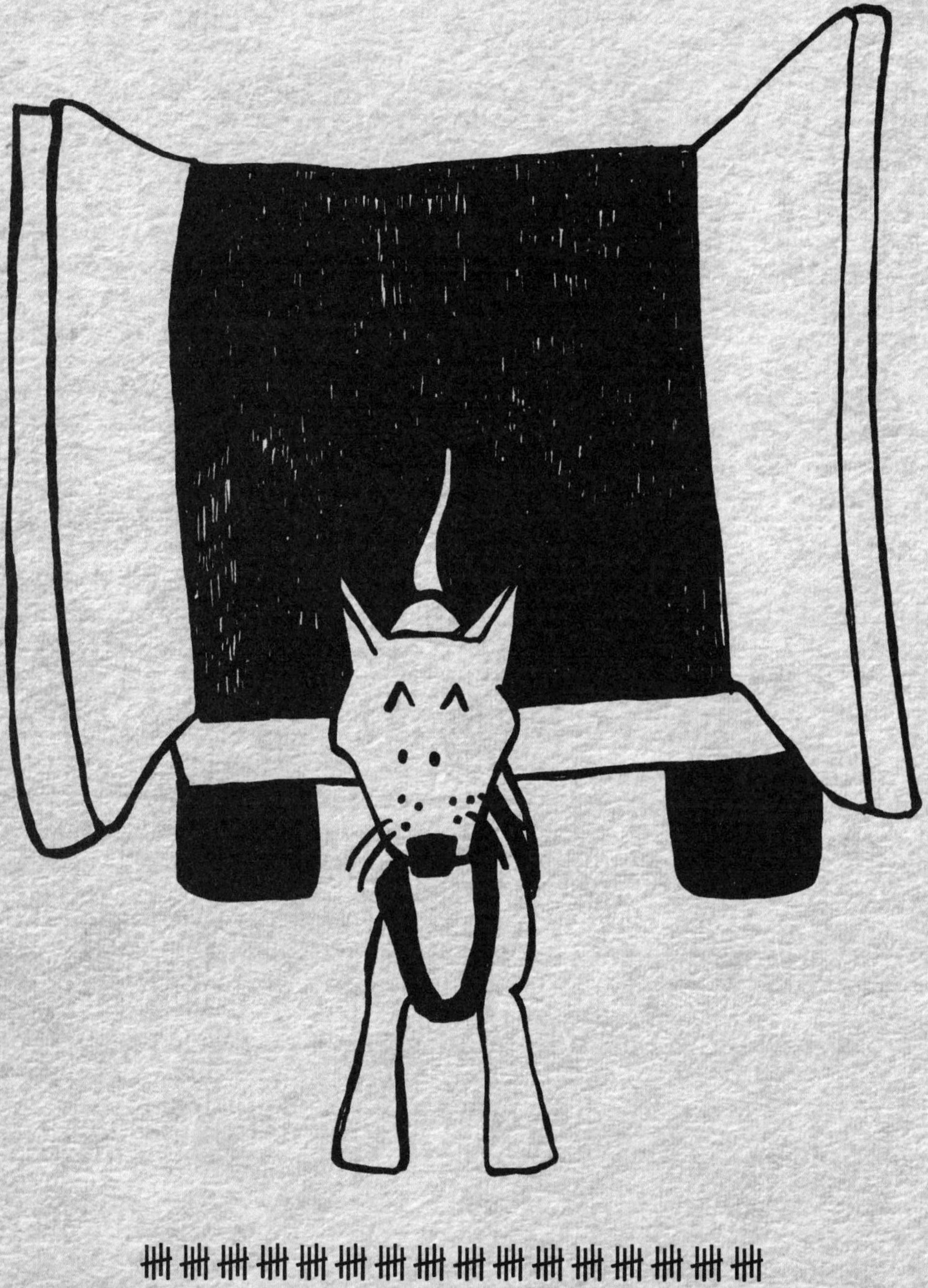

De ene na de andere hond
werd uit de bus bevrijd.
Daar was de herder aan de beurt
en David, die had spijt!

POLITIE! HOND! Politiehond!
Hond uit een politielijn.
Wat voor de één een aanprijzing was,
deed de ander enkel pijn.

𝍬𝍬𝍬𝍬𝍬𝍬𝍬𝍬𝍬𝍬𝍬𝍬𝍬𝍬𝍬𝍬𝍬𝍬𝍪

Dorus sprong en speurde en snoof
volop in bedrijf.
Zijn politiehondenbloed
kolkte door zijn lijf.

Hij wist nog van de broeken
waar hij in bijten moest.
Zijn baas, die was dan trots, jaah!
En hij deed sterk en woest.

𝍷𝍷𝍷𝍷𝍷 𝍷𝍷𝍷𝍷𝍷 𝍷𝍷𝍷𝍷𝍷 𝍷𝍷𝍷𝍷𝍷 𝍷𝍷𝍷𝍷𝍷 𝍷𝍷𝍷𝍷𝍷 𝍷𝍷𝍷𝍷𝍷 𝍷𝍷𝍷𝍷𝍷 𝍷𝍷𝍷𝍷𝍷 𝍷𝍷𝍷𝍷𝍷 𝍷𝍷𝍷𝍷𝍷 𝍷𝍷𝍷𝍷𝍷 𝍷𝍷𝍷𝍷𝍷 𝍷𝍷𝍷𝍷𝍷 𝍷𝍷𝍷𝍷𝍷 𝍷𝍷𝍷𝍷𝍷 𝍷𝍷𝍷

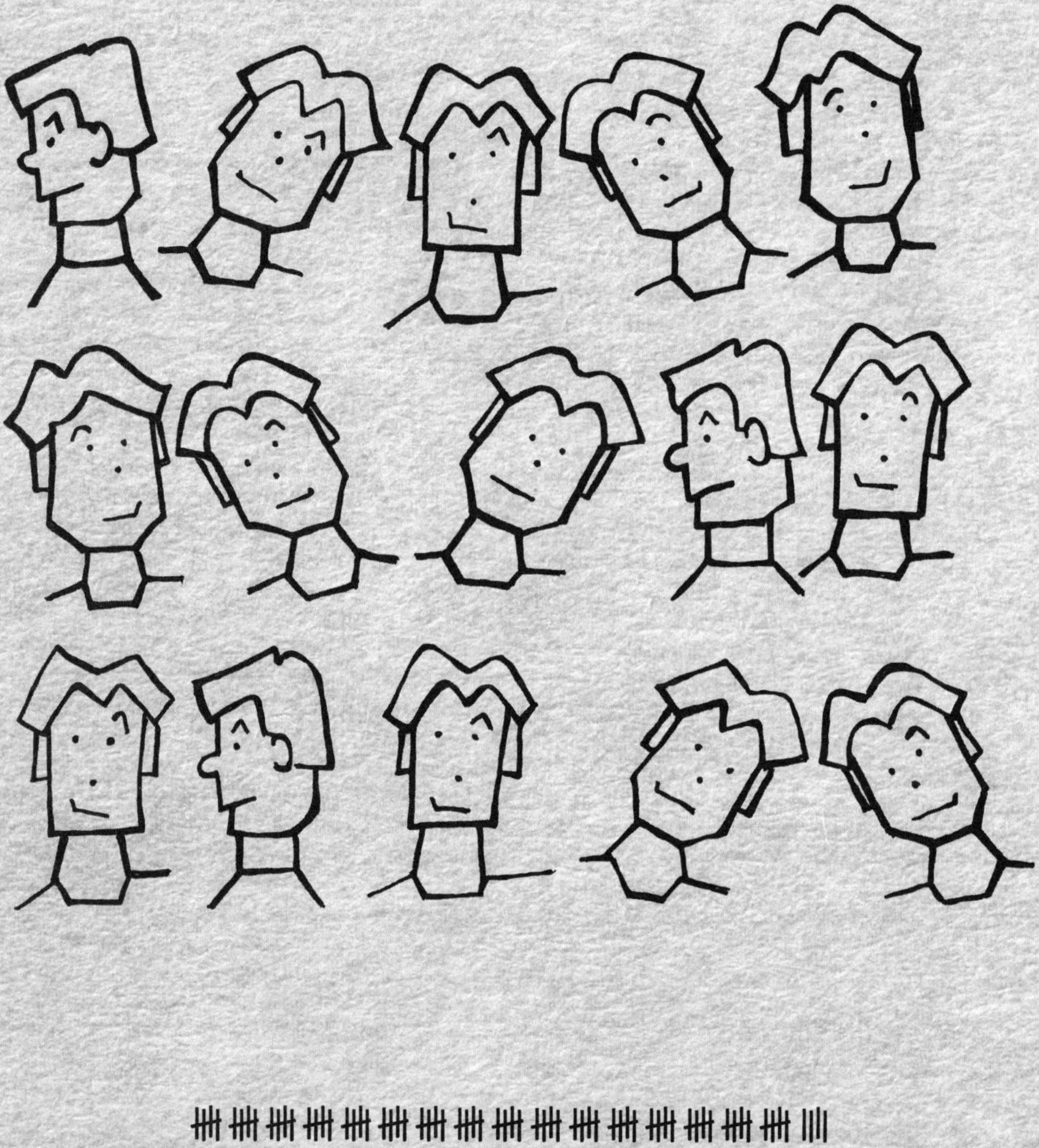

Bij het zien van zoveel kracht
deinsde David terug.
'Mooie hond, hè', lachte Marlies,
maar David dacht: 'Wegwezen, vlug.'

Hoe kon het nou dat dit hem trof?
Was het leven zo gemeen?
Zoekend naar een greintje moed
keek David om zich heen.

̅|||| ̅|||| ̅|||| ̅|||| ̅|||| ̅|||| ̅|||| ̅|||| ̅|||| ̅|||| ̅|||| ̅|||| ̅|||| ̅|||| ̅|||| ̅|||| ̅||||

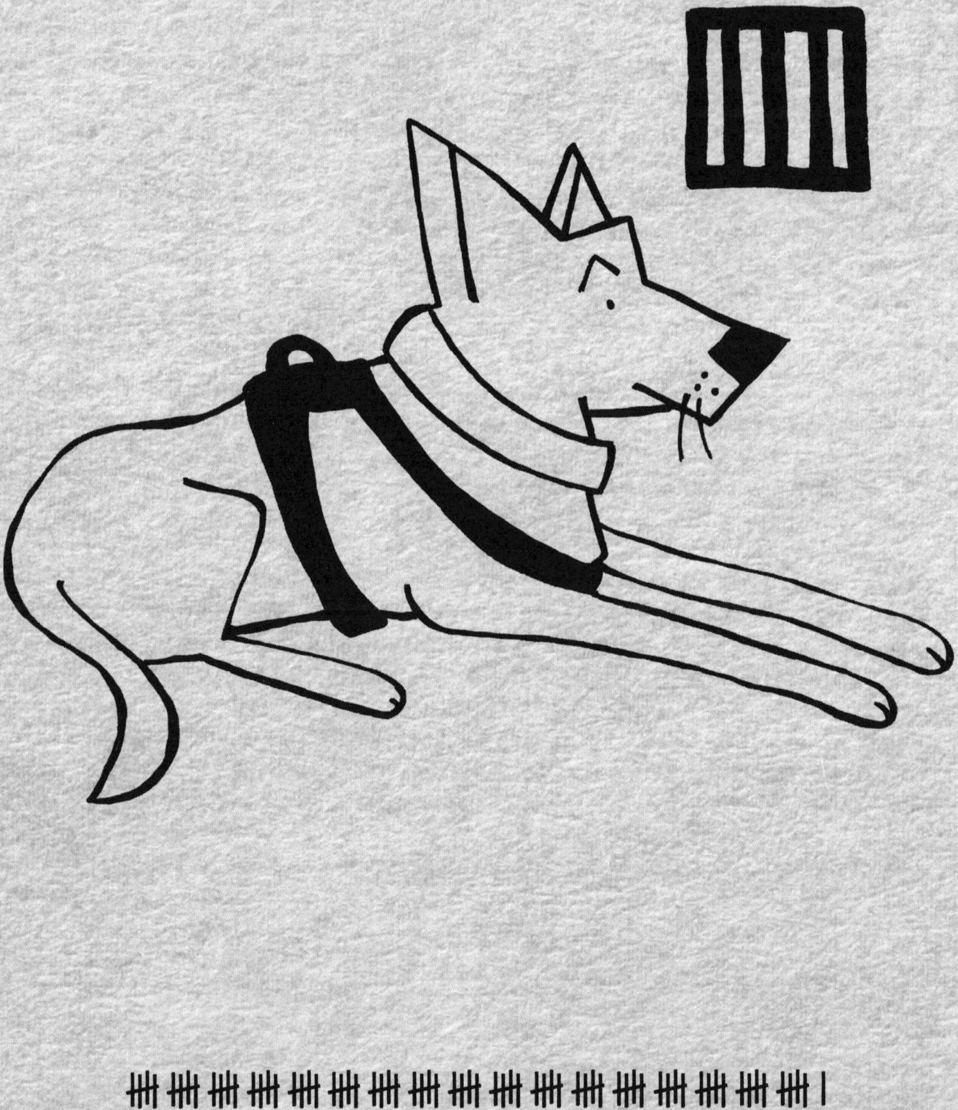

Vertellen dat hij bang was,
leek alles behalve stoer.
Moest hij soms liegen: 'Laat maar,
die hond boeit mij geen moer'?

Dorus ging dan terug naar af.
Die gedachte deed David pijn,
want hij wist hoe het voelde
om opgesloten te zijn.

𝍷𝍷𝍷𝍷𝍷 𝍷𝍷𝍷𝍷𝍷 𝍷𝍷𝍷𝍷𝍷 𝍷𝍷𝍷𝍷𝍷 𝍷𝍷𝍷𝍷𝍷 𝍷𝍷𝍷𝍷𝍷 𝍷𝍷𝍷𝍷𝍷 𝍷𝍷𝍷𝍷𝍷 𝍷𝍷𝍷𝍷𝍷 𝍷𝍷𝍷𝍷𝍷 𝍷𝍷𝍷𝍷𝍷 𝍷𝍷

|||| |||| |||| |||| |||| |||| |||| |||| |||| |||| |||| |||| |||| |||| |||| |||| |||

'Hallo meneer', keek Dorus,
'wilt u mijn baas niet zijn?
Zonder taken en een aai
is mijn leven niet meer fijn.'

'Ik kan alles: hier, af, blijf
en zitten op mijn kont.
Als u voor mij de baas speelt,
oefen ik voor trouwe hond.'

‖‖‖ |||

卌 卌 卌 卌 卌 卌 卌 卌 卌 卌 卌 卌 卌 卌 卌 卌 卌 卌 卌 卌

'Ook hap ik graag, als u dat wilt,
in een arm of been, meneer.'
'Zeg, ben jij gek', schrok David.
'Het idee alleen al doet zeer!'

Hij wist nog van de tanden,
als messen in zijn bil.
De dokter met zijn naald, au!
Zijn hart stond zowat stil.

卌 卌 卌 卌 卌 卌 卌 卌 卌 卌 卌 卌 卌 卌 卌 卌 卌 |

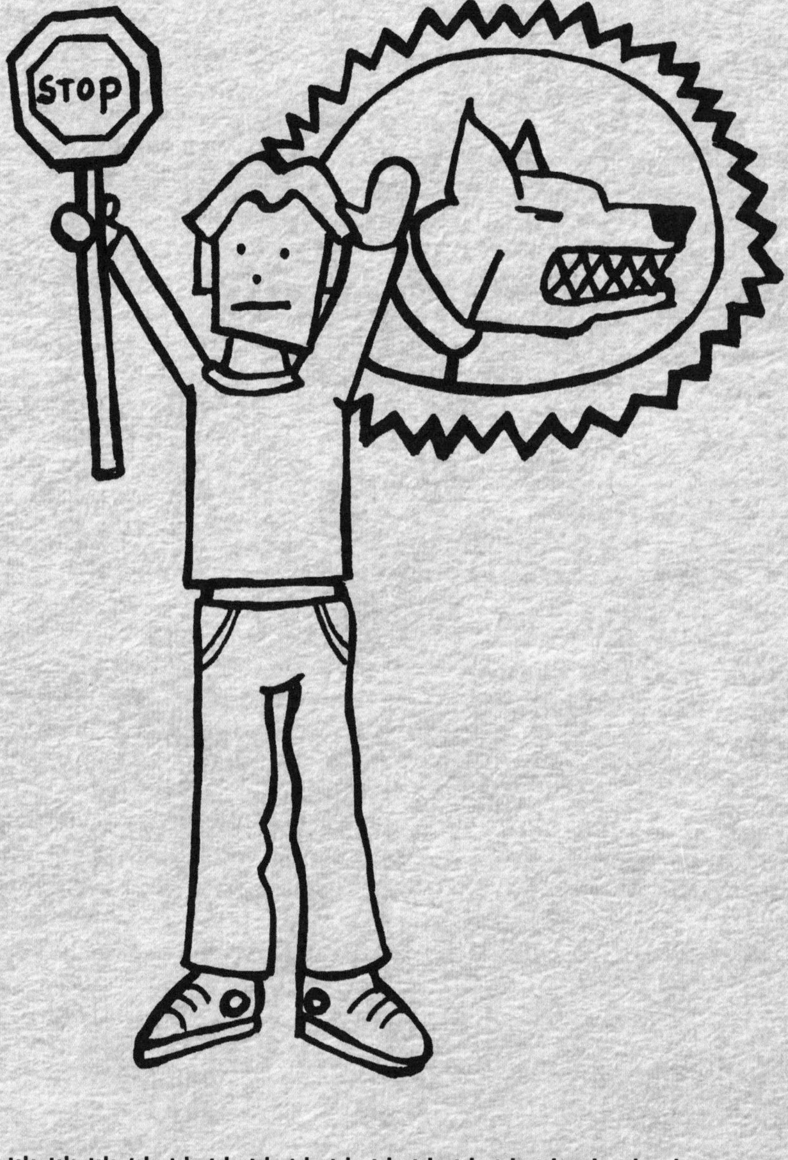
STOP

'Sorry beest, hier stopt het feest.
 Met jou ben ik niet blij.
 Want ik werd ooit gebeten
 door net zo'n hond als jij!'

'Dat beest greep mij zo hard hij kon.
Agenten keken ernaar.
Als dat nooit was gebeurd, ja dán
maakte ik jouw dromen waar.'

𝍷𝍷𝍷𝍷𝍷 𝍷𝍷𝍷𝍷𝍷 𝍷𝍷𝍷𝍷𝍷 𝍷𝍷𝍷𝍷𝍷 𝍷𝍷𝍷𝍷𝍷 𝍷𝍷𝍷𝍷𝍷 𝍷𝍷𝍷𝍷𝍷 𝍷𝍷𝍷𝍷𝍷 𝍷𝍷𝍷𝍷𝍷 𝍷𝍷𝍷𝍷𝍷 𝍷𝍷𝍷𝍷𝍷 𝍷𝍷𝍷𝍷𝍷 𝍷𝍷𝍷𝍷𝍷 𝍷𝍷𝍷𝍷𝍷 𝍷𝍷𝍷

𝍫 𝍫 𝍫 𝍫 𝍫 𝍫 𝍫 𝍫 𝍫 𝍫 𝍫 𝍫 𝍫 𝍫 𝍫 𝍫 𝍫 𝍫 𝍫 ||||

De angsthaas in David zuchtte:
'Breng mij maar weer naar binnen.
Dit gevecht ga ik niet aan.
Hier kan ik niet aan beginnen.'

De held in hem zag Dorus staan
en zei: 'Ik moet doorgaan, want
mezelf kan ik niet bevrijden,
maar zijn lot ligt in mijn hand.'

卌卌卌卌卌卌卌卌卌卌卌卌卌卌卌卌卌卌卌卌

𝍷𝍷𝍷 |

Zij leken door een bijzonder
wonder te zijn samenbracht.
Misschien school daarin de magie
van ware feeënkracht...

'Probeer het', opperde Marlies.
'Kijk eens naar zijn snuit.
Wat valt je op aan deze hond?'
— 'Hij ziet er zo ongelukkig uit.'

┼┼┼┼ ‖

||||‑||||‑||||‑||||‑||||‑||||‑||||‑||||‑||||‑||||‑||||‑||||‑||||‑||||‑||||‑||||‑||||‑||||‑||||‑|||

'Dat klopt. Deze hond moet werken.
Zonder baas voelt hij een gemis.
Dat zitten niksen maakt hem gek.'
— 'Ik weet precies hoe het is.'

David zuchtte, krabde zijn hoofd
en keek de herder aan.
Toen nam hij van Marlies de riem.
— 'Vooruit dan. Dorus, we gaan.'

|||| |||| |||| |||| |||| |||| |||| |||| |||| |||| |||| |||| |||| |||| |||| |||| |||| |||| |||| |||| |||| |||| ||||

Zo begon onze David
onwennig, nerveus en bang
aan de eerste training.
En ze moesten nog zo lang!

Dorus vond het machtig mooi
te doen wat hem werd bevolen.
Nog voor het einde van de les
had hij Davids hart gestolen.

̶|̶|̶|̶|̶ ̶|̶|̶|̶|̶ ̶|̶|̶|̶|̶ ̶|̶|̶|̶|̶ ̶|̶|̶|̶|̶ ̶|̶|̶|̶|̶ ̶|̶|̶|̶|̶ ̶|̶|̶|̶|̶ ̶|̶|̶|̶|̶ ̶|̶|̶|̶|̶ ̶|̶|̶|̶|̶ ̶|̶|̶|̶|̶ ̶|̶|̶|̶|̶ ̶|̶|̶|̶|̶ ̶|̶|̶|̶|̶ ̶|̶|̶|̶|̶ ̶|̶|̶|̶|̶ ̶|̶|̶|̶|̶ ̶|̶|̶|̶|̶ |

CONAN

𝍲 𝍲 𝍲 𝍲 𝍲 𝍲 𝍲 𝍲 𝍲 𝍲 𝍲 𝍲 𝍲 𝍲 𝍲 𝍲 𝍲 𝍲 𝍲 ||

'Jou kan ik wel vertrouwen.
Voor mij ben je een held.
Je vecht als Conan de barbaar
voor een nieuw leven, zonder geweld.'

'Vroem, vroem.' In de bus terug
ronkte luid en onbeschaamd
een moegestreden Dorus,
voortaan Conan genaamd.

|||| |||| |||| |||| |||| |||| |||| |||| |||| |||| |||| |||| |||| |||| |||| |||| |||| |||| |||| |||

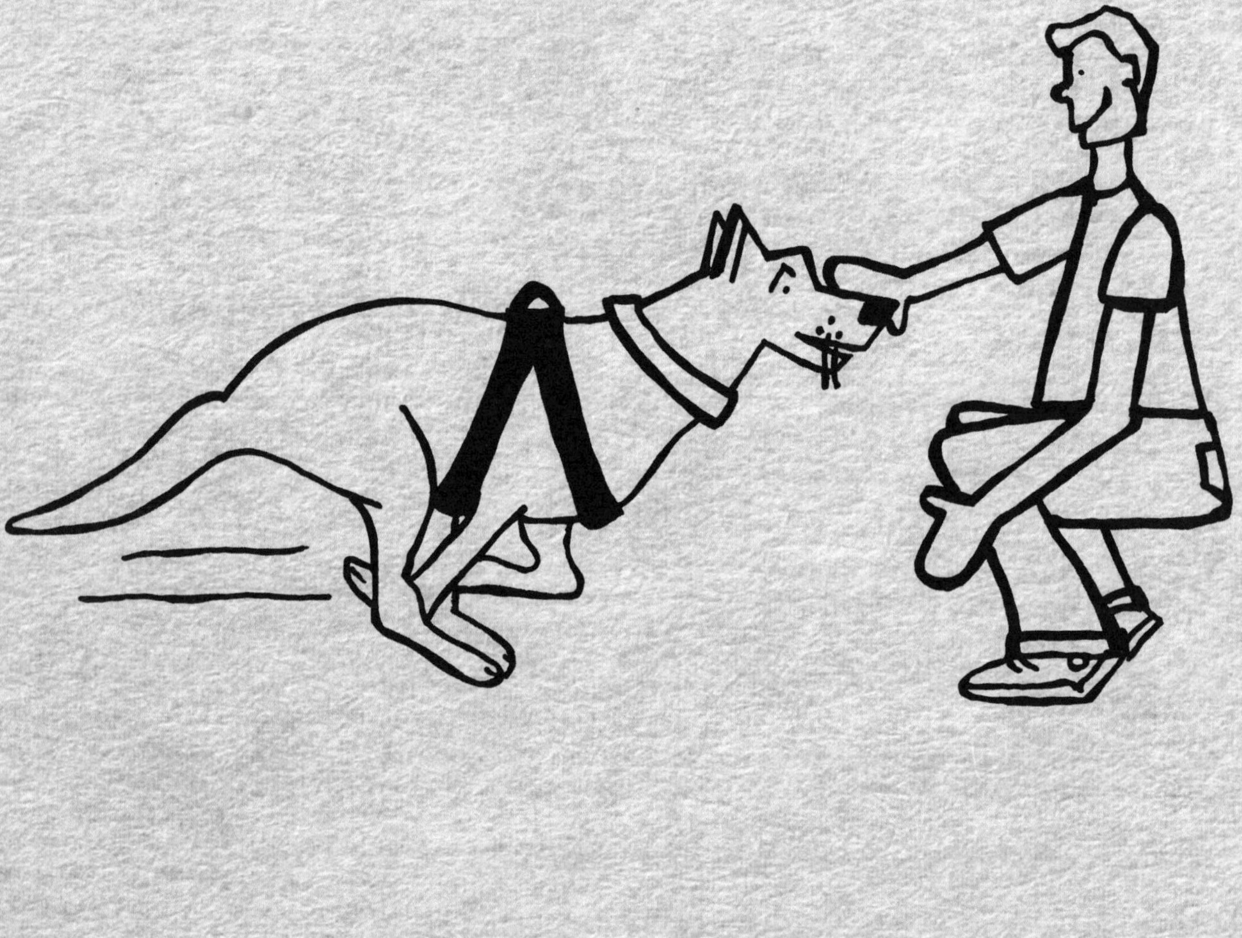

Clicker-de-clack, het klikte
tussen man en hond.
David overwon zijn vrees,
terwijl Conan zijn werklust hervond.

Zodra zijn bushok open ging,
sprintte Conan, hup, meteen
iedereen voorbij op weg
naar David, zijn nummer 1.

‖‖‖ ‖‖‖ ‖‖‖ ‖‖‖ ‖‖‖ ‖‖‖ ‖‖‖ ‖‖‖ ‖‖‖ ‖‖‖ ‖‖‖ ‖‖‖ ‖‖‖ ‖‖‖ ‖‖‖ ‖‖‖ ‖‖‖ ‖‖‖ ‖‖‖ ‖‖‖

卌卌卌卌卌卌卌卌卌卌卌卌卌卌卌卌卌卌卌|

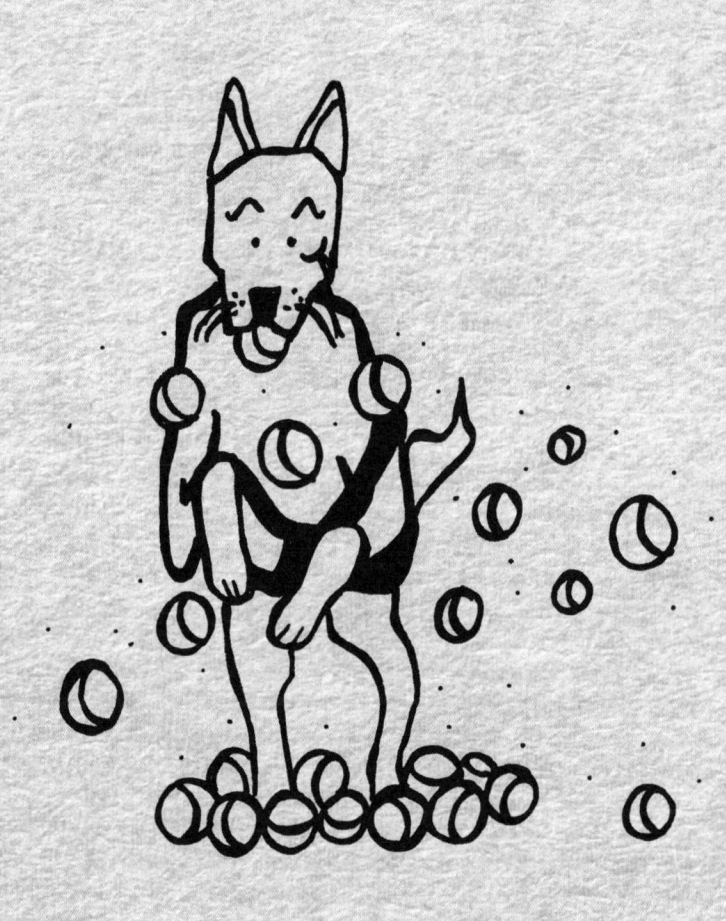

Hij mocht springen over hekken,
heel veel ballen pakken,
rennen als een gek en
zitten naast Davids hakken.

Ging David uit zijn dakkie,
streste Conan met hem mee.
'Rustig blijven', wist Marlies,
'dan volgt je hond gedwee.'

̶̶

|||| |||| |||| |||| |||| |||| |||| |||| |||| |||| |||| |||| |||| |||| |||| |||| |||| |||| |||| |||| |||

Zo leerden ze wat nodig was
om een nieuwe start te maken:
Rekening houden met elkaar
en je taken niet verzaken.

Zestien lessen trainden ze
in regen, zon en wind.
'Weet je', bekende David,
'dat ik jou steeds leuker vind?'

𝍷𝍷𝍷𝍷𝍷 𝍷𝍷𝍷𝍷𝍷 𝍷𝍷𝍷𝍷𝍷 𝍷𝍷𝍷𝍷𝍷 𝍷𝍷𝍷𝍷𝍷 𝍷𝍷𝍷𝍷𝍷 𝍷𝍷𝍷𝍷𝍷 𝍷𝍷𝍷𝍷𝍷 𝍷𝍷𝍷𝍷𝍷 𝍷𝍷𝍷𝍷𝍷 𝍷𝍷𝍷𝍷𝍷 𝍷𝍷𝍷𝍷𝍷 𝍷𝍷𝍷𝍷𝍷 𝍷𝍷𝍷𝍷𝍷 𝍷𝍷𝍷𝍷𝍷 𝍷𝍷𝍷𝍷

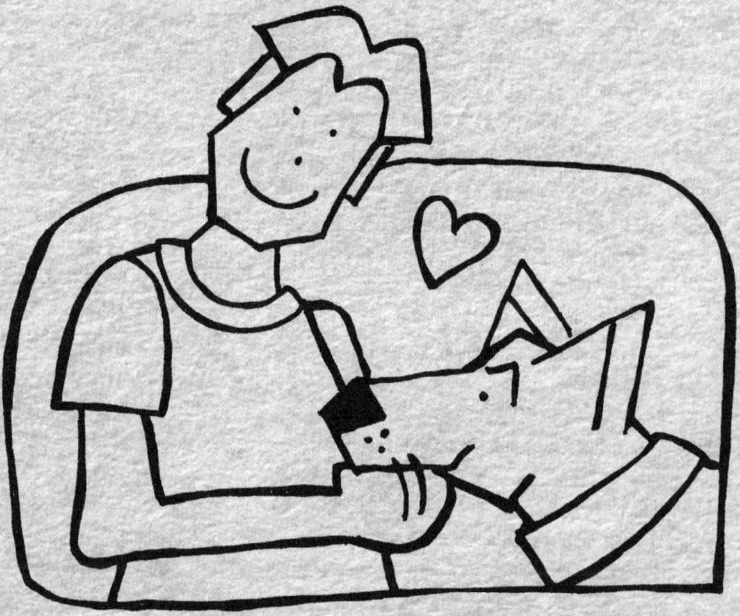

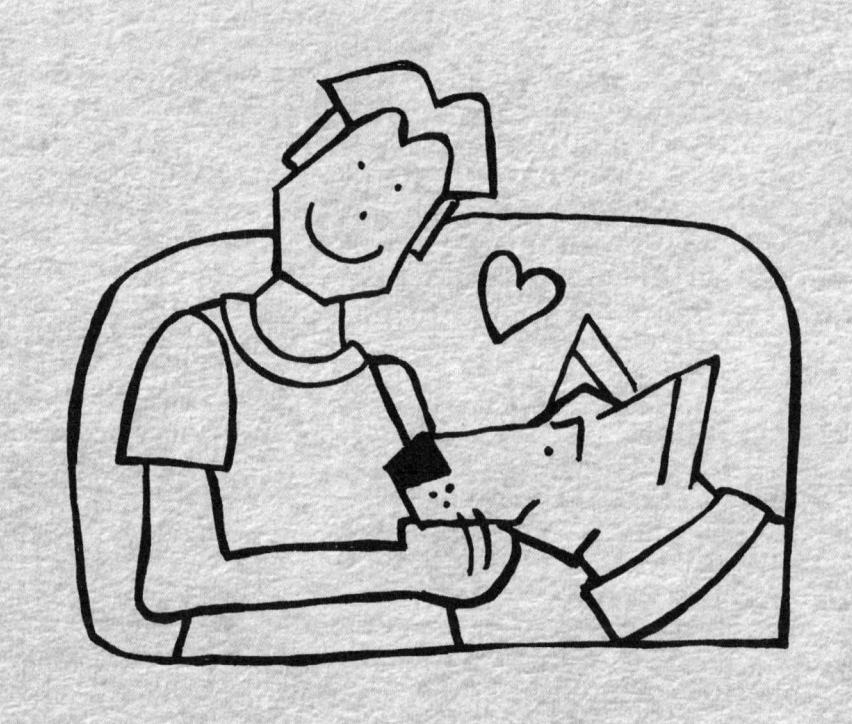

Dat sterke lijf, de slimme blik,
die kop die hem eerst benauwde,
werden meer en meer vertrouwd.
Hij ging zowaar van het beest houden!

'Hee wauw', ontdekte Conan,
'als ik me tegen jouw been aan vlij
antwoord jij me met een aai
en word ik helemaal blij.'

卌 |

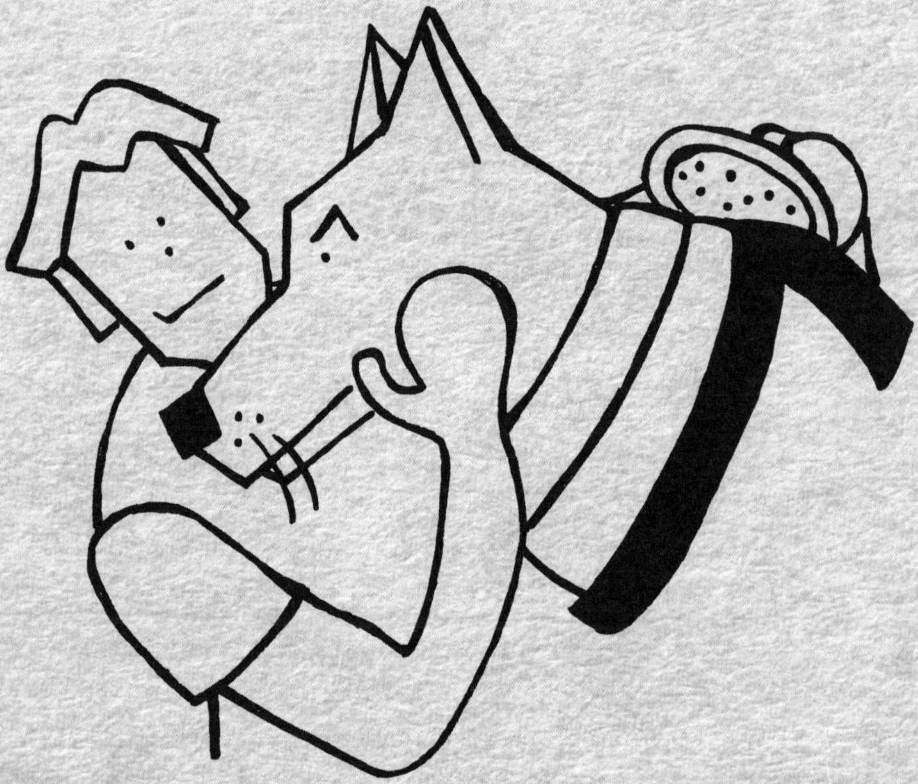

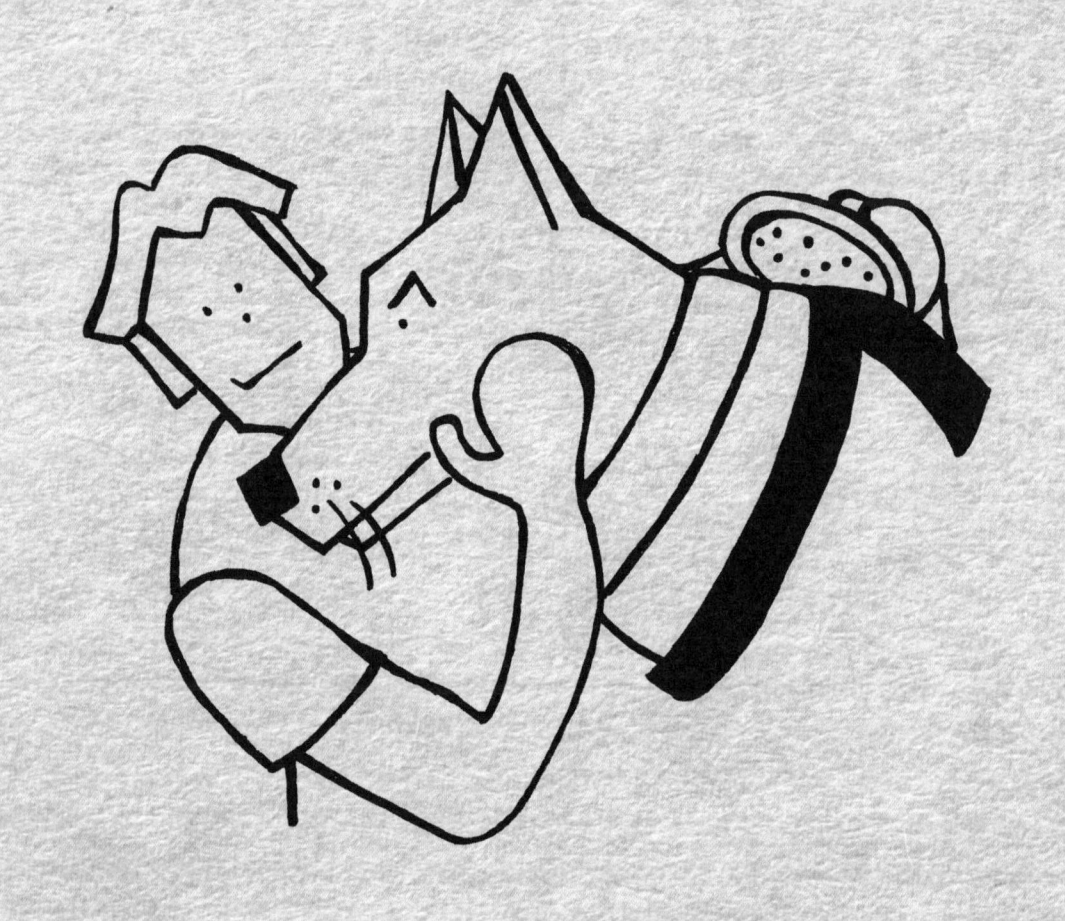

David kamde Conans haren
tot die de zon weerkaatsten.
Hoe kon het toch dat mensen
zo'n schat achter tralies plaatsten?

Hij wist wel wat gezegd werd:
'Die zit niet voor niks daar.'
Zonder zijn verhaal te kennen,
had men een oordeel klaar.

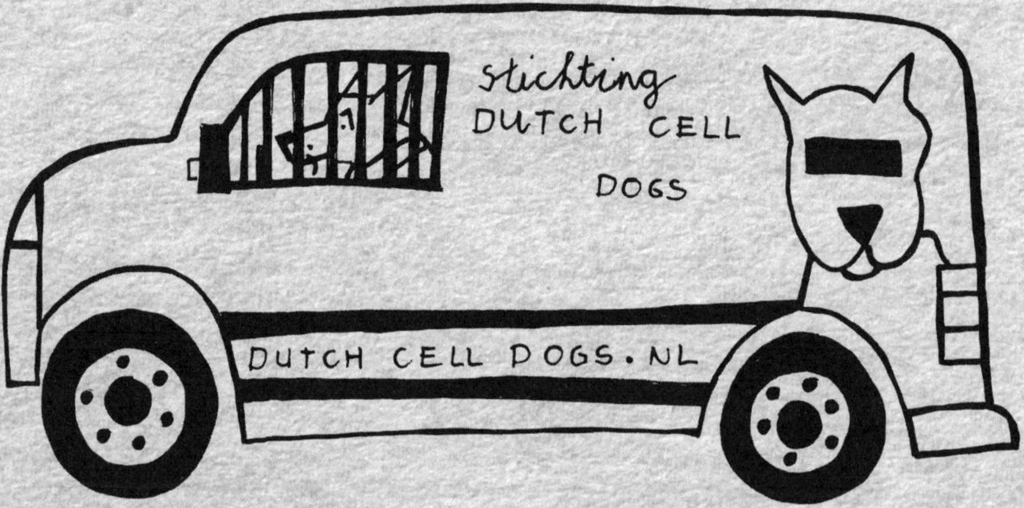
stichting
DUTCH CELL
DOGS
DUTCH CELL DOGS.NL

'Kwam ik maar al heel snel vrij,
dan mocht jij bij mij wonen.
Ik zou je nog meer leren
en jou steeds weer belonen.'

De hond moest terug de bus in.
Dat deed David zeer.
Deur op slot... 'Ik weet, 't is rot.
Maar we zien elkaar gauw weer.'

̅𝍩𝍩𝍩𝍩𝍩𝍩𝍩𝍩𝍩𝍩𝍩𝍩𝍩𝍩𝍩𝍩𝍩𝍩𝍩𝍩𝍩𝍩𝍩𝍩

𝍧 |

Door Davids zorg kreeg Conan
een aantrekkelijke glans.
Een echtpaar dat het asiel bezocht
greep direct zijn kans.

'Die mooie lieve herder
is de hond van onze dromen.
Wat ons betreft mag hij vandaag
al bij ons komen wonen.'

̶|̶|̶|̶|̶ ̶|̶|̶|̶|̶ ̶|̶|̶|̶|̶ ̶|̶|̶|̶|̶ ̶|̶|̶|̶|̶ ̶|̶|̶|̶|̶ ̶|̶|̶|̶|̶ ̶|̶|̶|̶|̶ ̶|̶|̶|̶|̶ ̶|̶|̶|̶|̶ ̶|̶|̶|̶|̶ ̶|̶|̶|̶|̶ ̶|̶|̶|̶|̶ ̶|̶|̶|̶|̶ ̶|̶|̶|̶|̶ ̶|̶|̶|̶|̶ ̶|̶|̶|̶|̶ ̶|̶|̶|̶|̶ ̶|̶|̶|̶|̶ ̶|̶|̶|̶|̶ ||

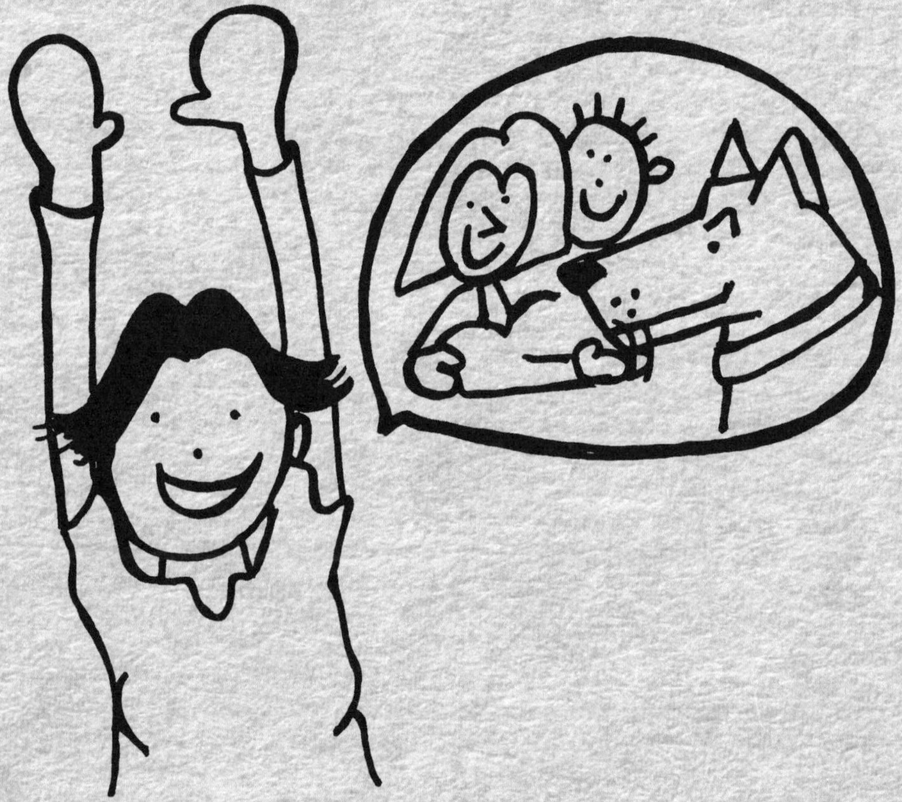

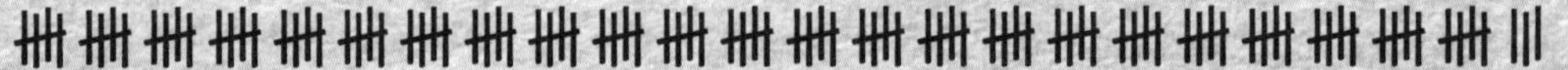

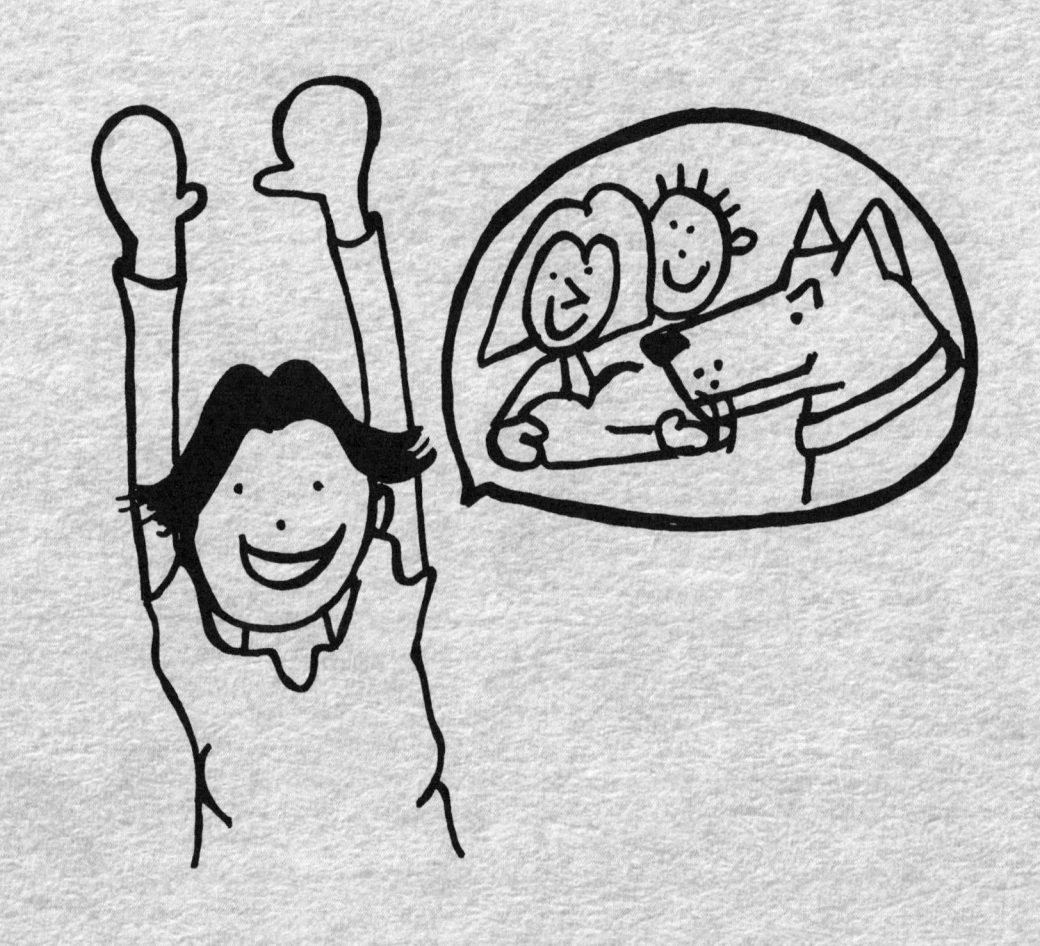

Marlies bracht het grote nieuws
zodra ze David zag:
'Conan krijgt een nieuwe baas!'
Hij antwoordde met een lach:

'Dit maakt mijn hele week goed.
We hebben ons doel bereikt.'
Davids hart gloeide van trots:
Hij had een leven verrijkt.

𝍷𝍷𝍷𝍷𝍷 𝍷𝍷𝍷𝍷

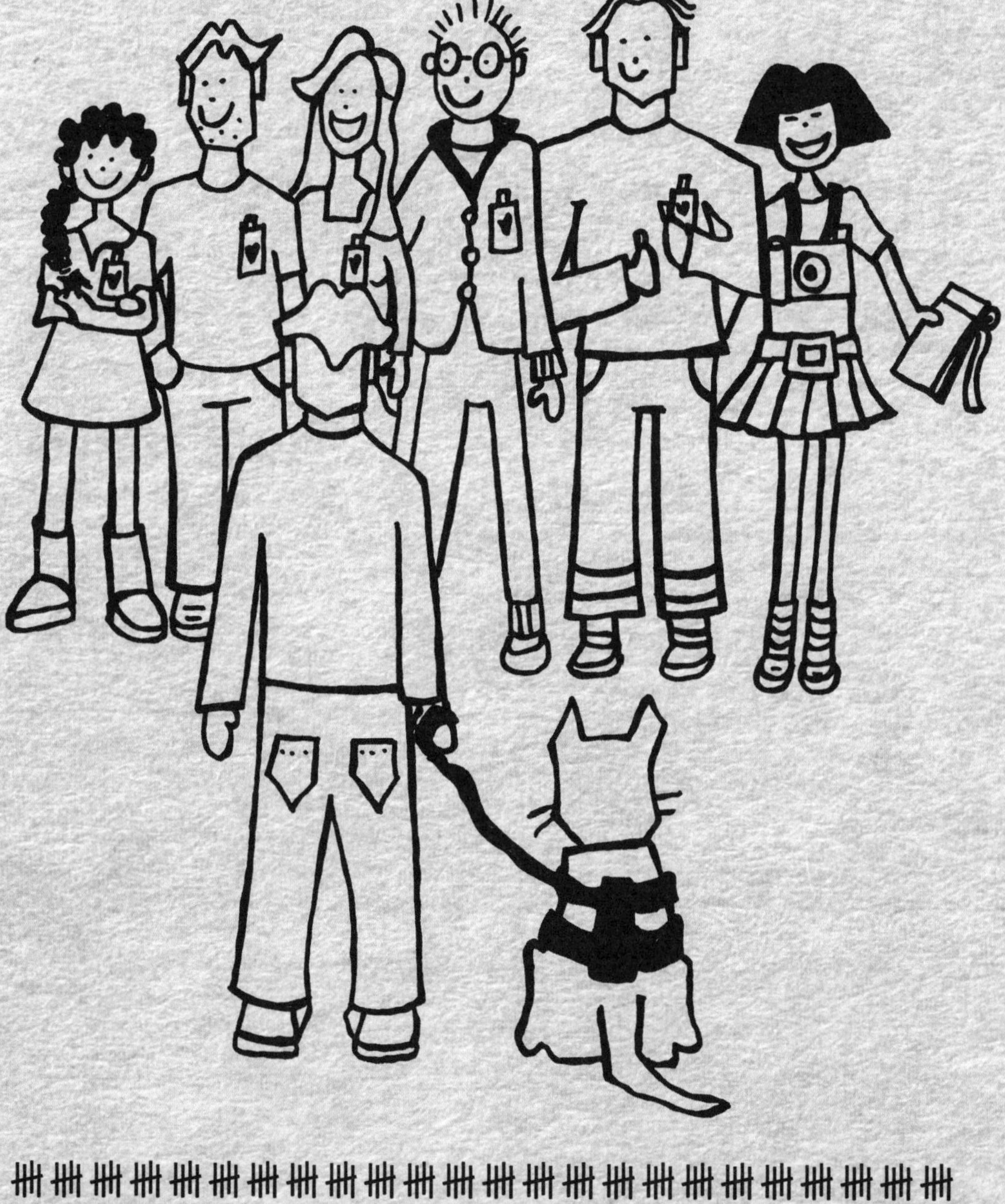

Maar Conan de overwinnaar
liet David niet in de steek.
Ze trainden door en toen was daar
de achtste en laatste week.

Voor een publiek van dierenvrienden,
bewakers en journalisten
lieten honden en gevangenen zien
wat de meiden allang wisten.

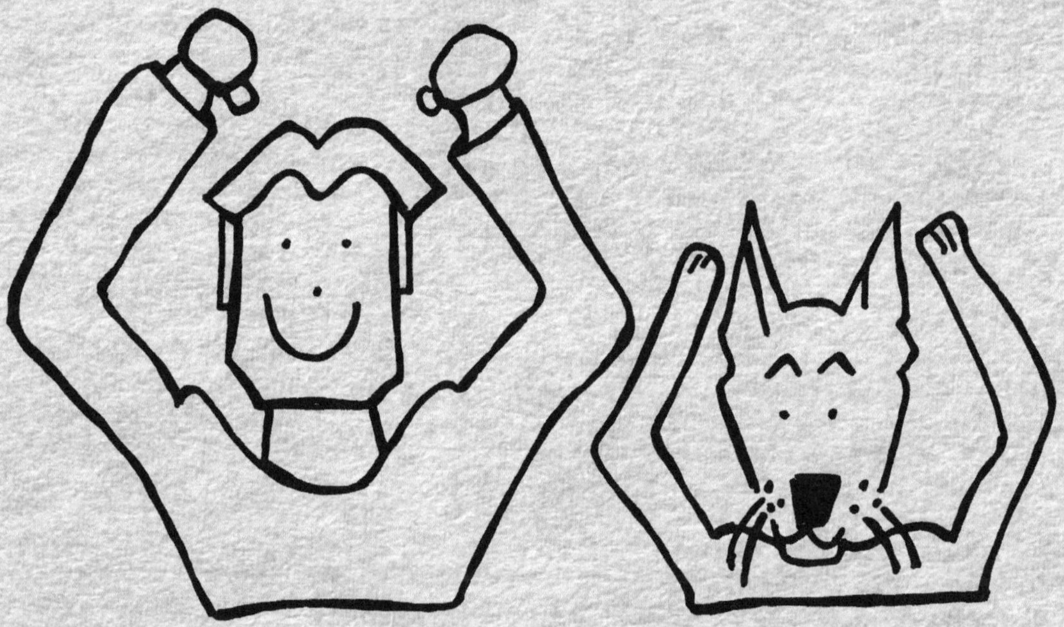

'Er is in ons verleden

het nodige mis gegaan.

Vandaag zien jullie de andere kant:

je kunt van ons op aan.'

'Als je ons benadert

met een positieve blik,

help je ons veranderen,

worden wij onze beste "ik".'

卌 ||||

Klapper-de-klap, er klonk applaus.
David trad met Conan aan
voor een kluif en een diploma.
Zij hadden hun werk gedaan.

Nog één les zou er volgen.
Dan zag hij zijn hond voor het laatst.
'Gelukkig', troostte hij zichzelf,
'wordt Conan snel geplaatst.'

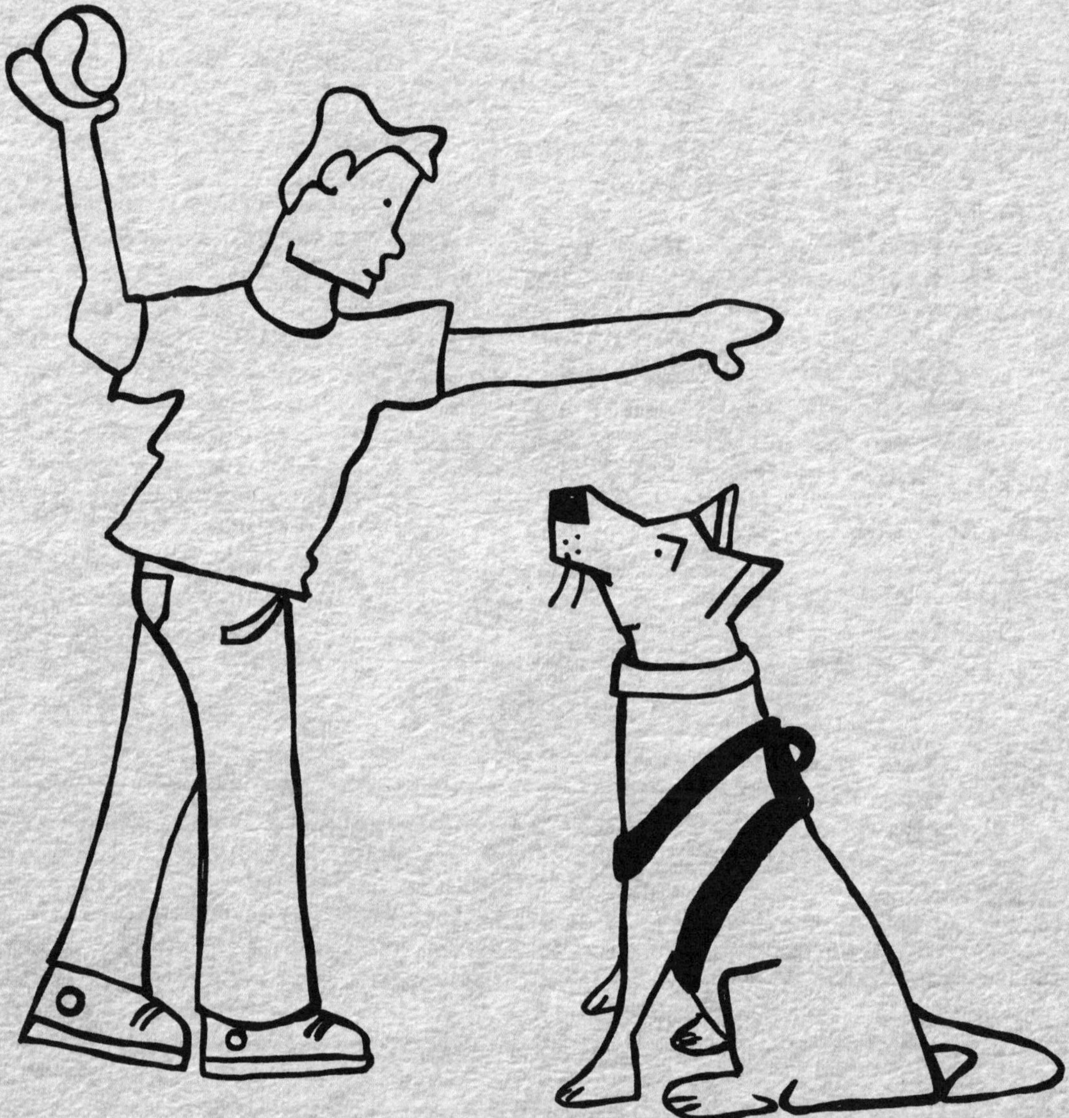

De les verliep stiller dan normaal.
Wat kon hij nog doen of zeggen...
David gooide met de bal.
Dit viel niet uit te leggen.

'Tot ziens, jij met je trouwe blik.
Ik moet je laten gaan.
Ik hoop dat je een goed leven krijgt.
Ik heb mijn best gedaan.'

𝍩 ||

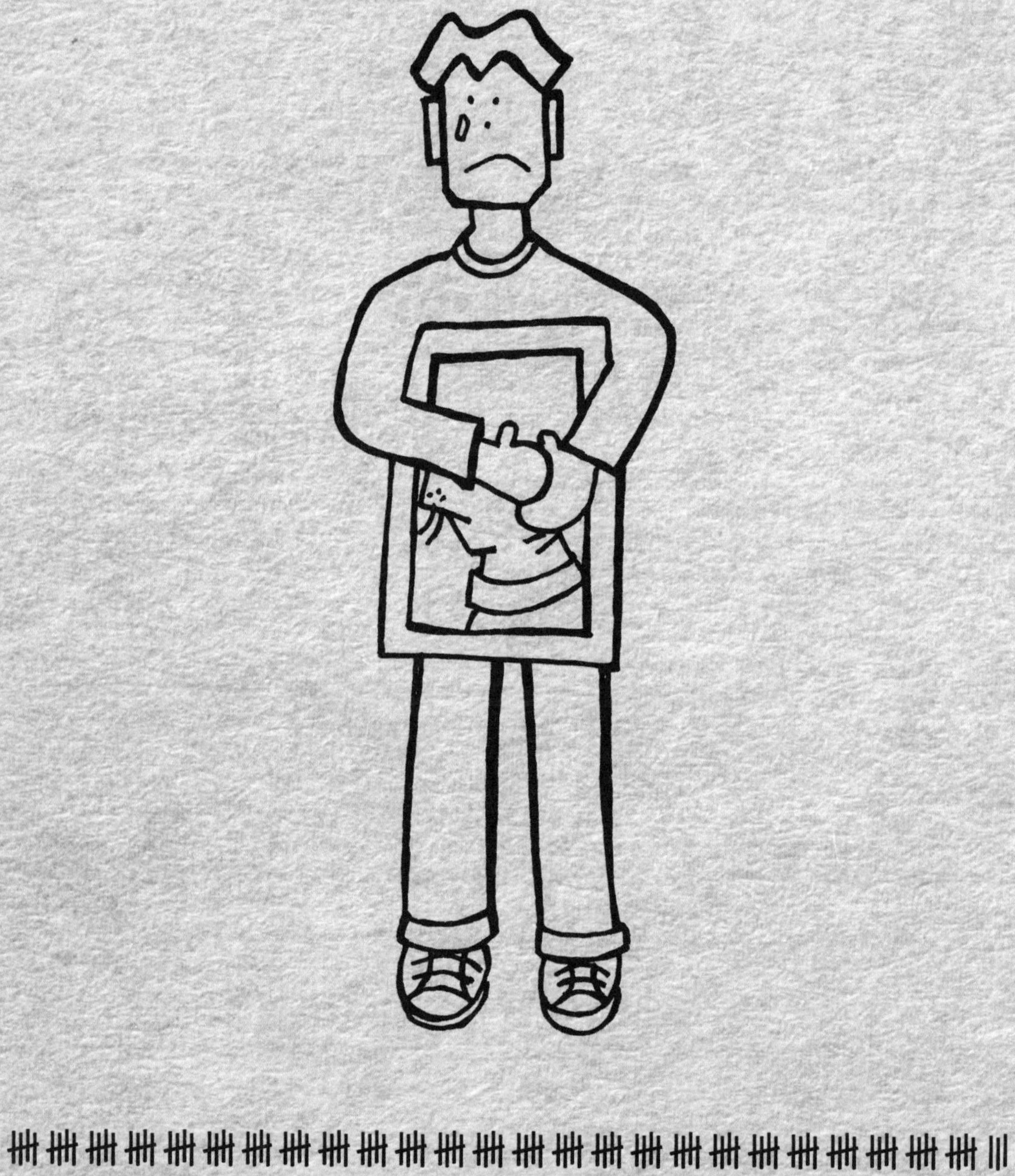

'Wij zouden maar even samen zijn,
dat heb ik steeds geweten.
Nu gaan we elk een eigen weg.
Ik zal je nooit vergeten.'

'Jij was mijn enige echte vriend
toen ik in de bajes zat.'
En vroem, de bus vertrok. Een foto
was alles wat David nog had.

‖‖‖ ‖‖

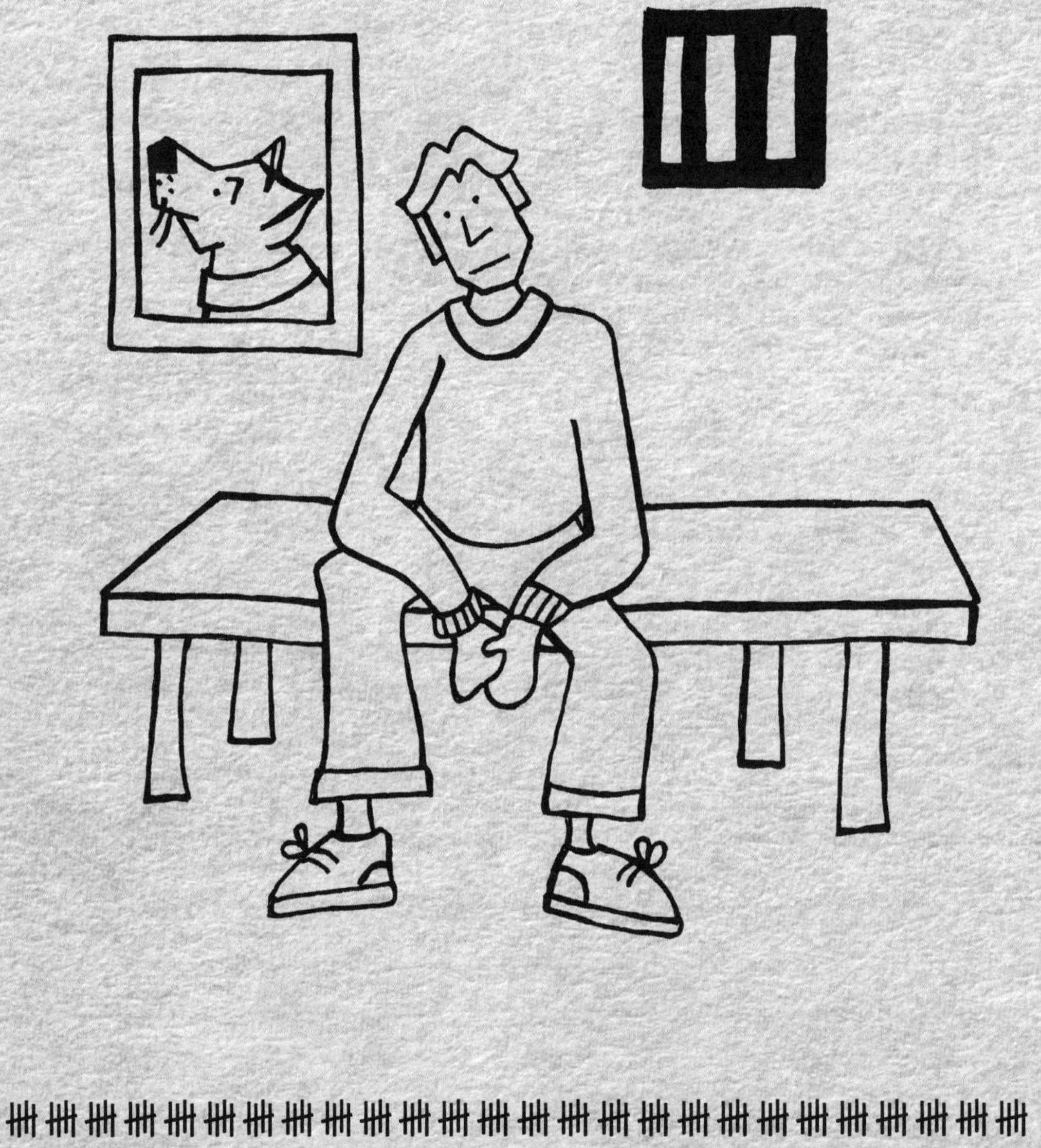

'Als mijn straf erop zit,
hoop ik jou nog eens te zien.
En dat jouw baas mij dan vertelt
hoe het met je gaat misschien.'

Vanaf zijn plekje in de cel
gaf Conan hem voortaan moed.
Alsof hij wilde zeggen:
'Ga door, je doet het goed.'

卌 |

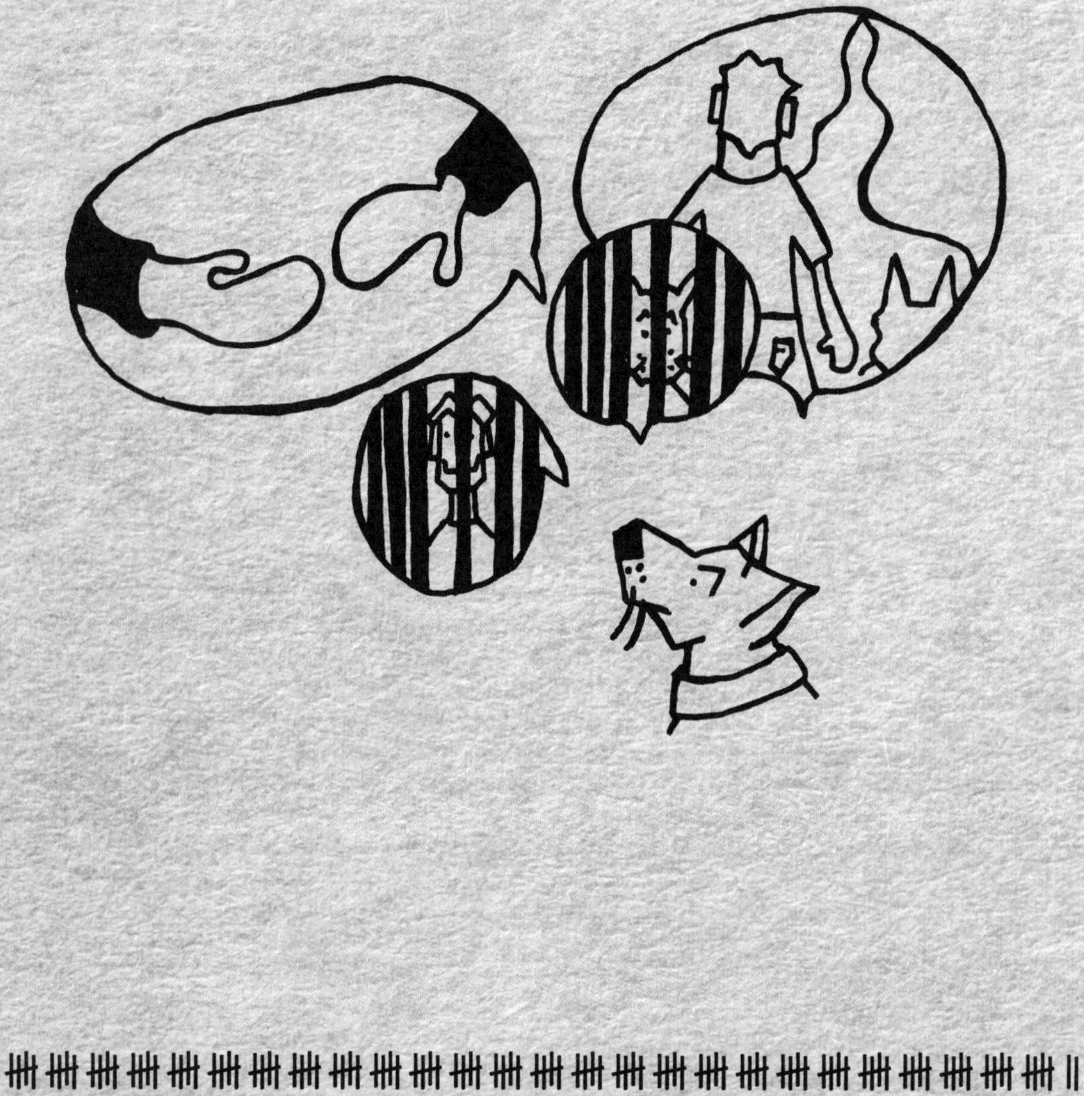

'Toen niemand mij zag zitten,
durfde jij het met me aan.
En kijk, nu hoor ik er weer bij.
Zo kan het voor jou ook gaan.'

'Al zit je achter tralies,
je moet altijd blijven hopen
dat iemand jou wil helpen
om een ander pad te lopen.'

卌 |||

1

Het plan van Betty en Marlies
had wederom gewerkt.
Zij maakten voor velen een verschil.
Dat bleef niet onopgemerkt.

Een jury uit allerlei landen
vond de meiden moedig en wijs.
Voor hun werk met gevangenishonden
kregen zij de eerste prijs.

‖‖‖ ‖‖‖

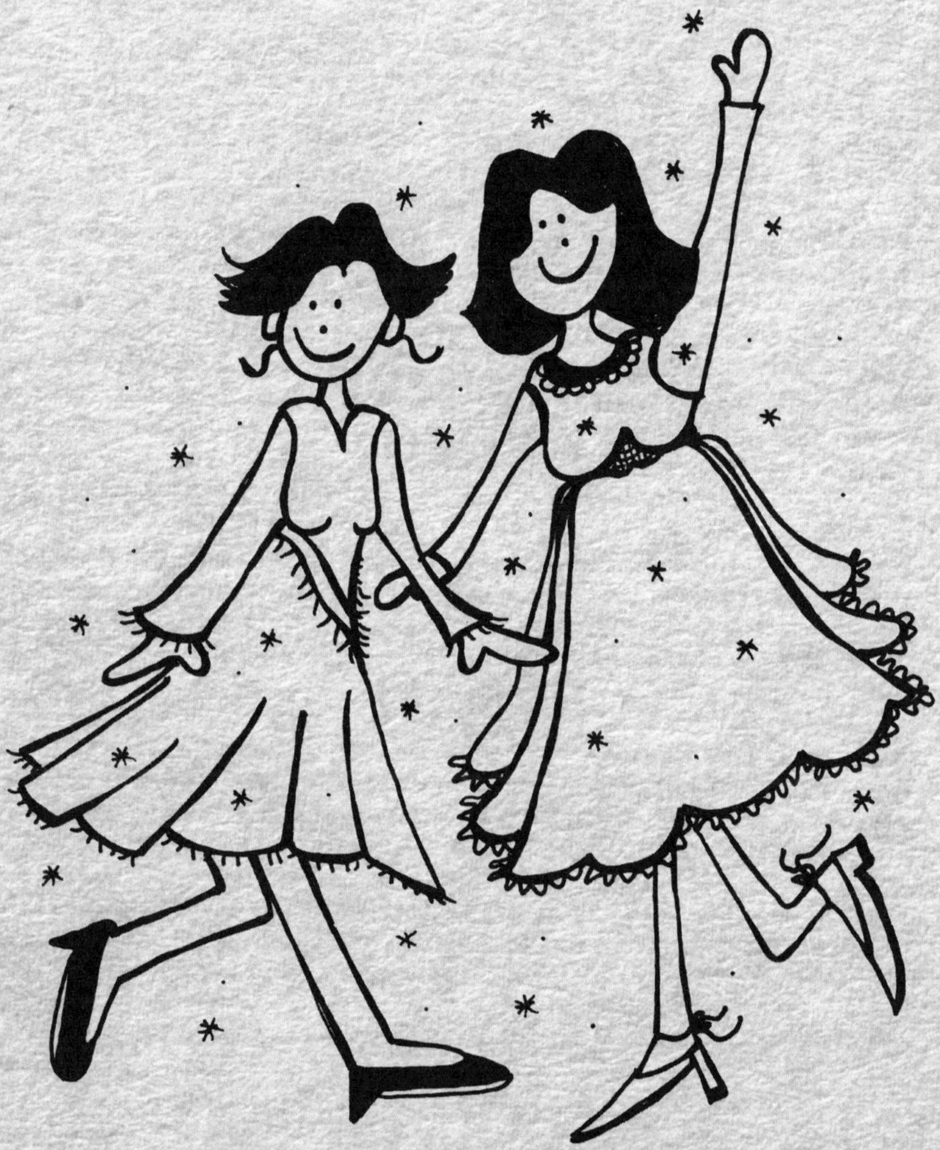

Bij een super sjiek diner
mochten zij op het podium staan.
Konden de feeën eindelijk eens
hun gewone kloffie aan!

EINDE

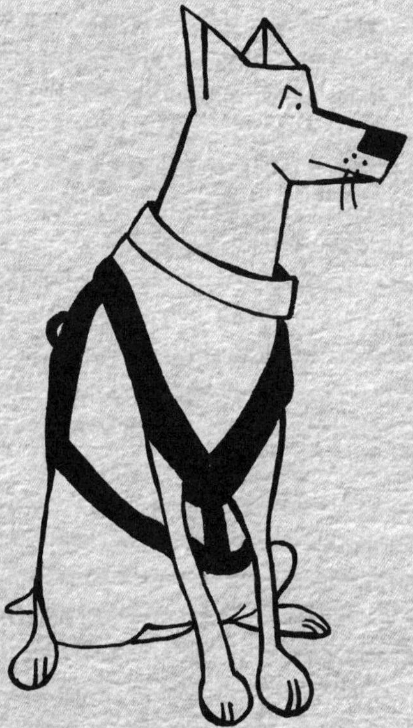

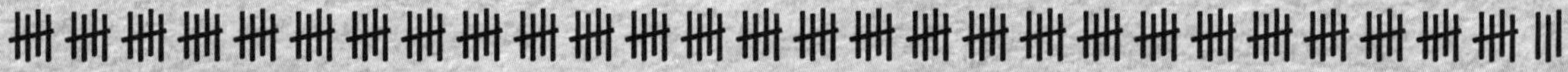

Wat betekent...

Arrest
Beslissing van de hogere of hoogste rechter in een zaak.

Hond uit een politielijn
Een hond die afstamt van een familie van politiehonden. Vader en moeder hond hebben de juiste eigenschappen hiervoor, ze zijn heel goed af te richten en werken graag voor hun baas. Meestal betreft het Duitse of Mechelse herders.

Metaaldetector
Wanneer je als bezoeker de gevangenis binnen wil, word je bij de ingang streng gecontroleerd. Je moet door een poortje met een metaaldetector. Heb je iets van metaal in je kleding of aan je lichaam, dan klinkt er een piepsignaal. Zo wordt voorkomen dat bezoekers gevaarlijke voorwerpen zoals wapens naar binnen smokkelen.

Bijten in broeken
Hond Dorus had met zijn baas pakwerk gedaan. Politiehonden leren dit om een verdachte staande te houden. Op bevel van zijn baas moet de hond een verdachte bewaken, bijten, vasthouden en weer loslaten. Dit wordt geoefend met een nep boef die een super dik pak draagt, zodat de hond kan bijten zonder dat het pijn doet. Pakwerk wordt ook als hobby getraind met honden die niet bij de politie werken.

Clicker-de-clack
Een clicker is een plastic doosje van ongeveer 7 centimeter groot met een drukknop. Als je die indrukt, klinkt er een klikklak-geluid. Hiermee kun je een hond op een positieve

manier iets leren. Zodra de hond doet wat jij wilt, druk je op de knop (klikklak!) en geef je de hond een voertje. Binnen de kortste keren onthoudt de hond welk gedrag beloond wordt. Hij wil dan snel het juiste voor je doen om zijn voertje te krijgen.

Stichting Dutch Cell Dogs

Marlies de Bats en Betty Buijtels richtten in 2007 de Stichting Dutch Cell Dogs (DCD) op. Zij geven moeilijk plaatsbare asielhonden en gedetineerden een nieuwe kans door hen te laten deelnemen aan een speciaal voor hen ontwikkeld trainingsprogramma. DCD werkt samen met vijftien gevangenissen en elf asielen in Nederland (stand 2017).
Voor meer informatie: www.dutchcelldogs.nl.

Eerste prijs

Stichting Dutch Cell Dogs won in 2015 de International Redemption and Justice Award. In de middeleeuwse kathedraal van Manchester in Engeland kregen Marlies en Betty hun prijs uitgereikt.

De verkiezing wordt elk jaar gehouden door No Offence, een organisatie die opkomt voor mensen die met justitie in aanraking zijn gekomen, hun naasten en justitiële medewerkers. Organisaties die zich inzetten voor deze doelgroep en daarmee een voorbeeld zijn voor anderen, maken kans op een award.

Maar liefst 173 instellingen uit de hele wereld dongen mee. De 21 juryleden waren allemaal experts op het gebied van strafrecht.

De aartsbisschop van Engeland, die de prijs uitreikte, lichtte toe waarom DCD had gewonnen: 'Het concept van Dutch Cell Dogs is innovatief en relatief simpel van opzet, maar het heeft een grote impact op zowel de honden als de gedetineerden. Deze award is het resultaat van de passie van de oprichters en van hun persoonlijke opofferingen. Wij zouden een dergelijk initiatief in het Verenigd Koninkrijk heel goed kunnen gebruiken, omdat het een perfecte vorm is van creatieve re-integratie.'

Het werk van DCD is al vaker bekroond: in 2013 en 2015 wonnen zij de Animal Event Dierenwelzijnsprijs en in 2016 kregen zij een Eervolle Vermelding.

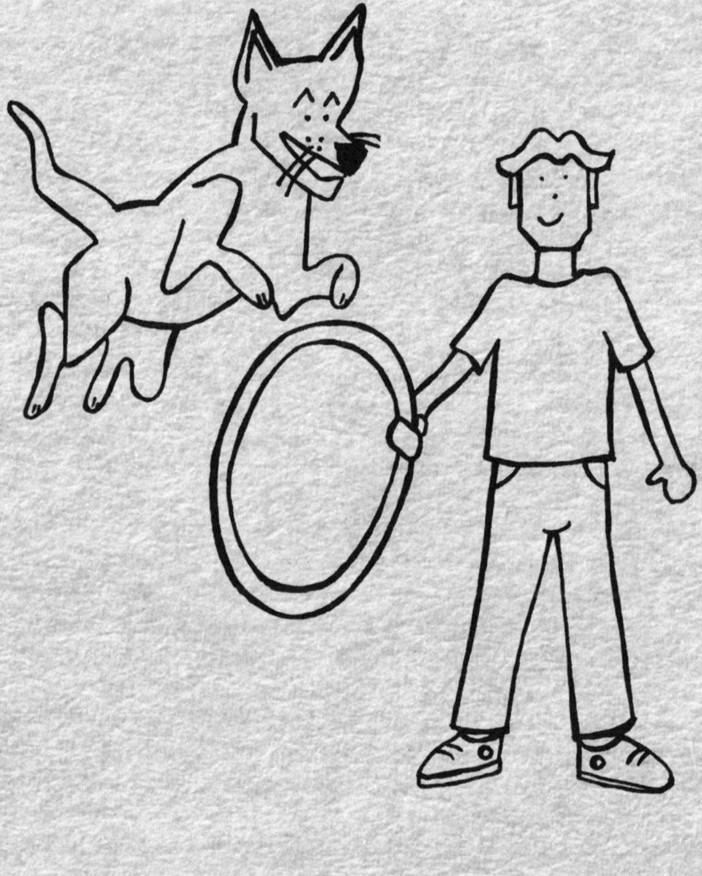

Uit het Dutch Cell Dogs trainingsdagboek van David

Leuke momenten die je mee gemaakt hebt met je hond:

Conan moest door een Hoepel Heen springen maar die was een Beetje te Klijn dus springt Hij er gewoon over Heen leuk om te zien!
Voor de rest doet conan alles goed

Leuke momenten met de hond?

is dat conan alles doet wat ik wil! en Het mooiste moment is dat ik op de grond ga zitten en conan tegen mij aan komt zitten. en dan geaaid wil worden dit Had ik dus nooit verwacht van Hem.
We Beginen echt een Band op te Bouwen met elkaar

Uitzicht vanuit de cel, getekend door David

‖‖‖ ‖‖

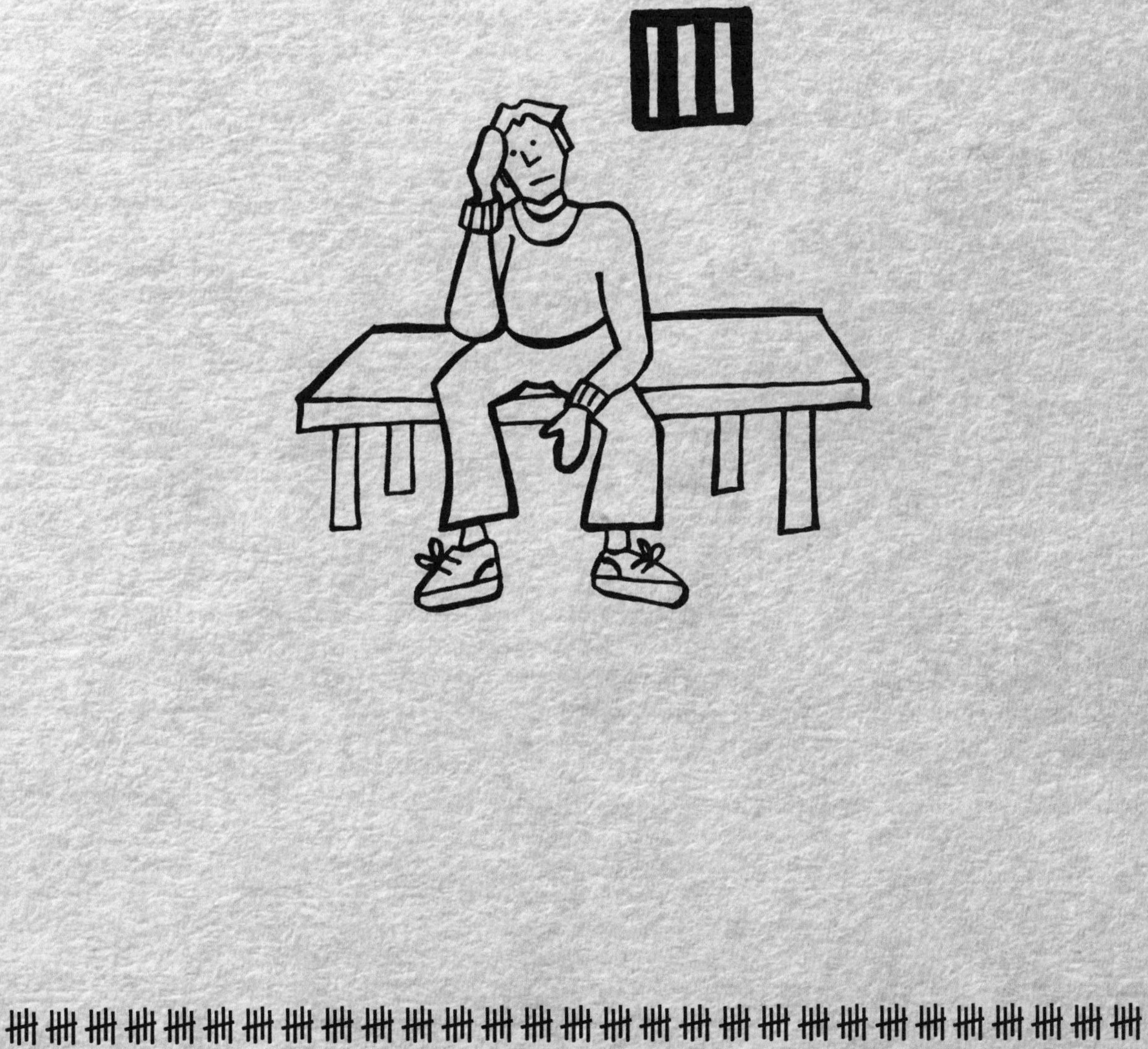

Allemaal helden

Wie is jouw held?

De asielhond. Hij durft nog steeds mensen te vertrouwen. Ook al hebben ze hem al vaker in de steek gelaten.

De gevangene. Hij overwint zijn angst om een ander te helpen. Hij laat de narigheid uit zijn verleden los en begint opnieuw.

De fee. Zij bekommert zich om mensen en dieren naar wie bijna niemand omkijkt. Zij kent hun zwakte, maar zij richt zich op hun kracht.

Wie vind jij een echte held?
Misschien wel alle drie!
Helden zijn er in alle soorten en maten.
Samen maken ze de wereld elke dag een beetje mooier.

Doe jij ook mee?
Je hebt er geen vleugels of speciale krachten voor nodig.
Het zit gewoon in jou.
Dus zeg het maar... Wat voor held wil jij zijn?

Wees je eigen held!

In ieder mens klopt een heldenhart.
Leg je hand maar eens op je borst.
Voel je die kracht daarbinnen bonzen?
Ja? Gaaf he.
Nee? Het zit er echt, hoor.

En als je nu je ogen dicht doet...
Ja, doe maar!
En je denkt aan iets wat jij wilt doen...
Iets waar jij heel blij van wordt...
En waar je iemand anders ook een plezier mee doet...
Wat is dat dan?

Ga het doen! Verzin varianten, leef je uit!
Durf je niet? Is het moeilijk? Perfect!
Dan doe je het toch en ben jij een echte HELD.

Ik houd van helden zoals jij

Wil jij me laten weten wat jij als held gedaan hebt?
Vertel het me via de website: www.mijnheld.nu

Elke held krijgt antwoord en een verrassing.
Bovendien maak je kans op één van de drie originele heldenpoppen,
gemaakt door gevangenen!

Het Pad van de Held

'Trek je beha maar even uit', sommeerde de gevangenisportier vanachter zijn kogelvrije ruit. Yeah right. Ik probeerde een lachje, maar dat werd niet beantwoord. Hij meende het serieus. Dus waar wachtte ik op?

Natuurlijk moet je als journalist soms wat over hebben voor een goed verhaal. Ik slaakte een zucht en boog mijn hoofd. Friemelde de bovenste twee knoopjes van mijn shirt los.

Het hoofd achter de balie grijnsde en knikte naar opzij. Dáár, achter die deur moest ik komen. Oh echt? En dan?

Hij boog zich naar zijn microfoontje: '... kleedkamer...'

Wat heet. In de geur van oud zweet trok ik mijn shirt uit. Spiedde intussen de wanden af. Waar hingen de verborgen camera's? Gespte mijn beha los. Stelletje machtsmisbruikers. Liet de bandjes over mijn schouders glijden. Stond de portier nu met zijn collega's bij de monitor klaar om mijn borsten te beoordelen? Wat was ik hen waard; een zes min, een vier, een acht?

Onwennig bloot onder mijn shirt kwam ik tevoorschijn. In mijn hand mijn roze beugelbeha. Die moest in zijn eentje in een plastic bak door de scanner. Ikzelf stapte nogmaals door het poortje. Deze keer piepte het niet.

Achter de balie ging een duim omhoog. Trek maar weer aan, was de boodschap.

Ik had geen tijd om er lang bij stil te staan. Achter nog meer deuren wachtte 'mijn' gedetineerde op mij. Voor hem trotseerde ik deze vernedering.

We hadden een afspraak voor mijn boek. Het boek dat jij nu leest. En als ik één ding heb geleerd van dit verhaal, dan is het wel dat je soms iets voor een ander moet doen wat je eng, raar of lastig vindt.

Anders word je nooit een held.

Is dat dan nodig, een held zijn?
Neu. Niet verplicht natuurlijk. Maar ik kan het je wel aanraden. Je doet jezelf en anderen er een hoop plezier mee. Zeker wanneer je, net als David en Dorus, een beetje gevangen zit. En wie zit dat nou niet? Gevangen in een relatie, in een situatie, in je eigen gedachten misschien.
De held uithangen werkt bevrijdend. Daarom in het kort mijn stappenplan.

Zo word je een held:

1. Bedenk wat jij heel leuk en belangrijk vindt om te doen.
2. Check of het voor een ander ook leuk is als jij dit doet.
3. Zo ja: Doe het.

Klaar. Zo simpel is het.
Ja ha! En dan ga je fluitend met je rugzak vol goede bedoelingen op pad en verschijnen er binnen de kortste keren gemene obstakels, die jou proberen af te houden van je prachtige doel.
Althans, dat denk je. Maar dat is niet zo. Ze maken jou alleen maar sterker.
Zelf stuitte ik bijvoorbeeld op krantenchefs met een verbluffende desinteresse voor mij en mijn verhaal. Met bonzend hart vertelde ik het in een microfoon, voor een zaal met honderd journalisten. Een pitch van een minuut, waarin ik het niet droog hield. Zo indrukwekkend vond ik het, wat David en Dorus voor elkaar hadden gedaan. De krantenchefs vertrokken geen spier. Een radiomaker had wel interesse. Maar ja, ik wilde schrijven!
Ik had terug in mijn hok kunnen kruipen. Maar dat kon ik tegenover de personages van mijn boek niet maken.
Ik dacht aan wat mijn vader zei, als ik mijn vertwijfeling uitsprak.
'Hou vol, Ien, ga door. Elke succesvolle schrijver is ooit met tegenslag begonnen.'
Ik besloot een afwijzing voortaan op te vatten als een doorverwijzing. Beeldde me in dat de nee-schuddende krantenchefs langs mijn route stonden om mij aan te moedigen.
'Hou vol, onbekende freelancer, ga door. Jij bent tot iets nog mooiers in staat dan een stuk in de krant. Bij ons moet je niet wezen, jouw geluk ligt verderop.'
Die gedachte maakte me vrolijk. En daar begon mijn vrijheid.

̶|̶|̶|̶|̶ ̶|̶|̶|̶|̶ ̶|̶|̶|̶|̶ ̶|̶|̶|̶|̶ ̶|̶|̶|̶|̶ ̶|̶|̶|̶|̶ ̶|̶|̶|̶|̶ ̶|̶|̶|̶|̶ ̶|̶|̶|̶|̶ ̶|̶|̶|̶|̶ ̶|̶|̶|̶|̶ ̶|̶|̶|̶|̶ ̶|̶|̶|̶|̶ ̶|̶|̶|̶|̶ ̶|̶|̶|̶|̶ ̶|̶|̶|̶|̶ ̶|̶|̶|̶|̶ ̶|̶|̶|̶|̶ ̶|̶|̶|̶|̶ ̶|̶|̶|̶|̶ ̶|̶|̶|̶|̶ ̶|̶|̶|̶|̶ ̶|̶|̶|̶|̶ ̶|̶|̶|̶|̶ ̶|̶|̶|̶|̶ ̶|̶|̶|̶|̶ |

Ik, die gevangen zat in beperkende ideeën over mezelf en anderen, koos voor wat ik eigenlijk niet durfde, maar diep in mijn hart wel het állerleukste vond. Ik schreef een waargebeurd sprookje, in versjes. Over een hond nog wel!

Mijn volwassen 'ik' keek bedenkelijk toe hoe het kind in mij zich uitleefde. En besloot haar toen maar te helpen.

Ik zocht een illustrator erbij voor stoere lieve plaatjes. Marjolein, die mij amper kende, zei direct ja.

Ik kon mijn geluk niet op. Elke keer als zij me een nieuwe illustratie stuurde, danste ik door de kamer. Wat een feest om dit mee te maken!

Zo word je een held:
4. Accepteer dat het soms tegenzit.
5. Geef er een positieve draai aan.
6. En ga door.

Wanneer je het Pad van de Held gaat lopen, kom je jezelf tegen, met al je kwaliteiten en mindere eigenschappen. Je leert jezelf door en door kennen. Dat alleen al maakt het de moeite waard. Daar komt nog een leuk voordeel bij, want wie kiest voor het Pad van de Held, wordt geholpen. Of dat nu is door het toeval, door God of Allah, het licht, de bron of het universum, mag ieder voor zich bepalen. Feit is wel, zo heb ik ervaren, dat er verrassende wondertjes aan te pas komen om je te helpen jouw dromen waar te maken.

Toen ik besloot dit boek te schrijven, wilde ik dat het de hele wereld over zou gaan. Overal zijn immers drop outs; mensen en honden. Mijn wens, die ik op bloemetjespapier vastlegde, werd binnen de kortste keren verhoord. Het boek-in-wording dook op in Angola en Bonaire,

in Colombia en Kazachstan, en ga zo maar door (zie landkaart verderop). Hoe dat kon? Illustrator Marjolein heeft, naast het tekenen, een reizend beroep. Zij nam mijn teksten en haar schetsboek overal mee naartoe. Super leuk, maar niet precies wat ik bedoelde.
Dus ik pakte opnieuw mijn pen en een gebloemd A4 om mijn wens aan te scherpen. 'Mijn boek', schreef ik vrolijk dagdromend, 'raakt de harten van vele mensen overal ter wereld.'

Zo word je een held:
7. Vertrouw erop dat je hulp krijgt en dat jouw dromen worden verhoord.
8. Voel je angst en accepteer dat dit gevoel erbij hoort.
9. En ga door.

Mijn clubje groeide. Illustrator, uitgever, Dutch Cell Dogs, gevangenispersoneel, asielmedewerkers, de gedetineerde en zijn vriendin, mijn meelevende en soms meelezende vriendinnen en familie, mijn geduldige man en kinderen ... iedereen droeg een steentje bij. (Fantastisch! Dank jullie wel daarvoor!)
Steeds wanneer iets of iemand mij verontrustte, paste ik de les van Mijn Held toe: ik draaide het om. Niet in het echt, maar in mijn hoofd. Want weet je, de waarheid is geen vaststaand gegeven.
Hoe jij kijkt, bepaalt wat jij ziet.
Zie jij het goede, dan is dat wat jij bij de ander (en bij jezelf) naar boven haalt. Zodra ik mezelf betrapte op een negatief oordeel, ging ik op zoek naar de andere kant. De positieve kant. Die bleek er altijd te zijn. Niet meteen makkelijk te vinden, wel altijd de moeite waard.
Ik maakte van elke vijand een vriend, van elke teleurstelling een opsteker. Gewoon door er anders naar te kijken. Sommigen noemen dat naïef, maar het leeft zoveel lekkerder.
Gaandeweg werd mijn avontuur minder eng.

‖‖‖ ‖‖

Waar was ik al die tijd bang voor geweest?, vroeg ik me steeds vaker af.
Niemand lachte me uit. Er werd ook niemand heel boos. Ik ontmoette juist opvallend veel mensen die op de een of andere manier met mijn missie te maken hadden. Die erdoor geraakt werden, die mij wilden helpen. Lieve mensen, wat had ik jullie onderschat!
Het ging steeds gemakkelijker, te doen wat ik wilde doen en te zijn wie ik wilde zijn.
Het kon gewoon, en het mocht. Joeghoe!

Zo word je een held:
   10. Geniet van elke stap die je zet. Je bent vrij! Dit is jouw leven!

En de gevangenisportier?
Ook hij kreeg natuurlijk het voordeel van de twijfel.
Wat hij van mij verlangde, met die beha, diende vast en uitsluitend de veiligheid van iedereen in het gebouw. (Toch, knapperd? ;-))
De eerstvolgende keer trok ik voor een bajesbezoek wel mijn mooiste bikini aan.
Piepvrij, zonder metalen beugels.
Lekker puh.

Ineke van Lier

Kijk in de spiegel van jouw dier

David herkende zichzelf in Dorus. En hij is niet de enige.
Dieren zijn een spiegel voor ons allemaal. Probeer het maar eens uit.

Vul de volgende vragen in:

Mijn dier heet .... (naam)

Ik vind hem/haar geweldig omdat hij/zij

....

....

....

Waar ik (soms) moeite mee heb, is dat hij/zij

....

....

....

Volgens mij komt dat, doordat

....

....

....

....

Mijn advies aan hem/haar zou daarom zijn:

....

....

....

....

Klaar? Alles ingevuld?
Dan volgt nu de spiegeltruc.

Streep 'Mijn dier ...' door.
Schrijf in plaats daarvan jouw eigen naam.
Lees nogmaals wat je geschreven hebt.
Nu gaat het over jou. Jouw kwaliteiten, je moeilijkheden en hoe je daarmee om kunt gaan.
Herken je het?
Zo leer je jezelf beter kennen, met dank aan jouw eigen dier!

|| ℳℳ

Mijn Held gaat de hele wereld over!

Hier is het boek allemaal al geweest, voordat het gedrukt werd.
Een wens die uitkwam...

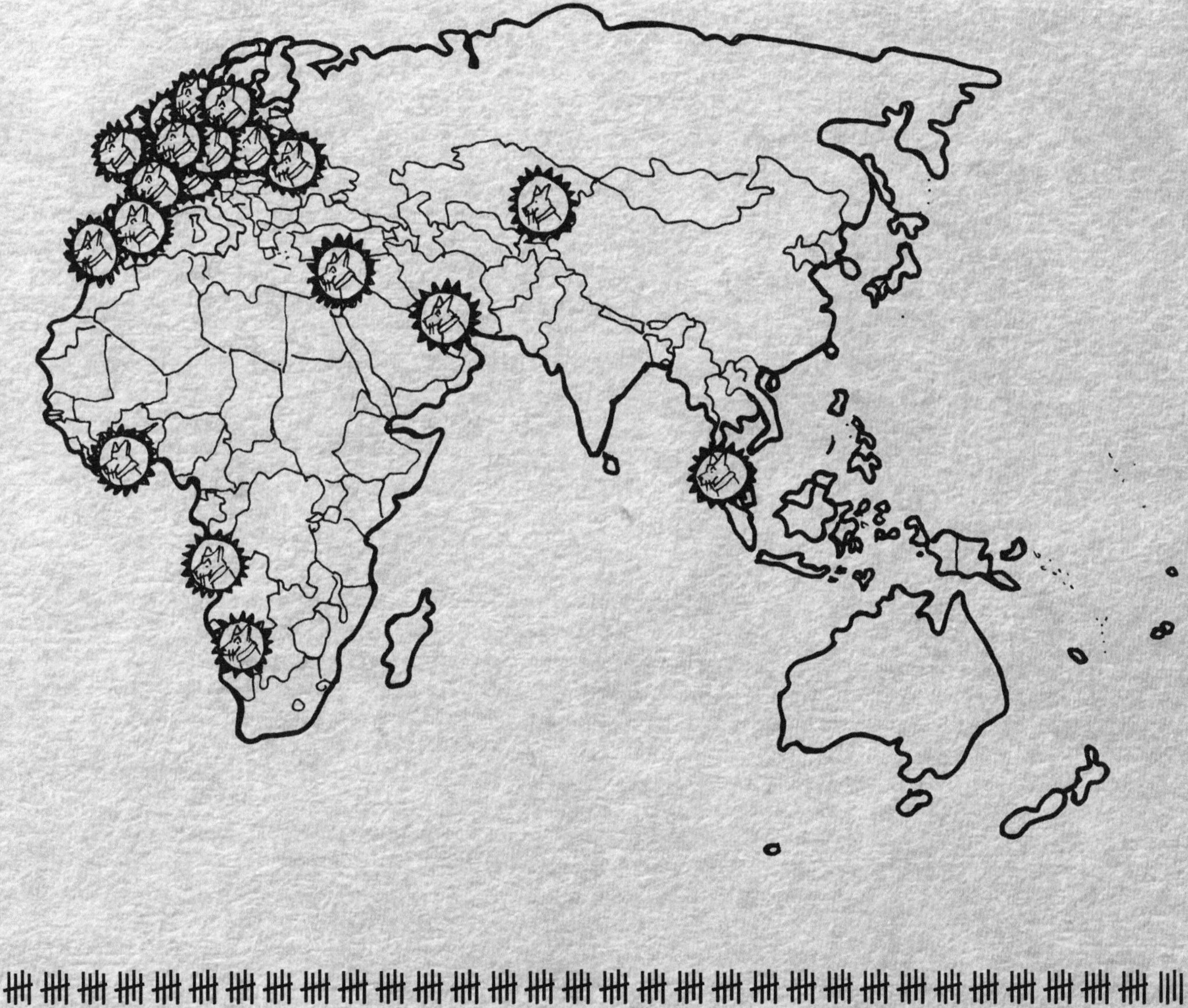

Over de makers

Journalist/schrijver **Ineke van Lier** (1968) was van kleins af aan gek op honden. Op de basisschool schreef ze haar eerste verhalen en een toneelstuk met een hond in de hoofdrol. Ook liet ze alle honden in de straat uit, totdat ze er zelf één uit het asiel mocht halen.

Ineke schreef vele interviews en reportages, eerst in vaste dienst (Home & Garden, Flair, Pink Ribbon, Margriet) en later freelance (o.a. voor KRO Spoorloos Magazine, Vriendin, Wendy en Flow). De laatste jaren verdiepte zij zich in de relatie tussen mensen en dieren. Met haar fascinatie voor wonderen ontdekt zij de mooiste verhalen. Hiermee biedt zij een hoopvol tegenwicht aan het vele duistere nieuws dat ons dagelijks overspoelt.

www.inekevanlier.nl.

Illustrator **Marjolein Vink** (1973) tekende als kind al graag poppetjes en beestjes. Haar moeder gaf haar de bijnaam 'Vrouwtje Holle', want als ze haar bed uitschudde, dwarrelden er talloze papiertjes met tekeningen in het rond.

Marjolein, die veel reist voor haar werk, is altijd blijven tekenen, overal ter wereld. Haar werk hangt onder andere in Chili, Maleisië, U.S. New York en Zuid-Afrika, variërend van een ingelijste krabbel tot een complete muurschildering. Alledaagse gebeurtenissen uit verschillende landen en culturen zijn een belangrijke inspiratiebron voor Marjolein. Kenmerkend zijn de subtiele accenten waarmee de personages in haar tekeningen op een speelse manier gevoelens tonen en een eigen karakter krijgen. Hierdoor komen de tekeningen echt tot leven.

www.instagram.com/marretjes.

Ineke en Marjolein leerden elkaar kennen via de Geluksroute, waar Ineke mensen verraste met een brief van hun dier en Marjolein bezoekers blij maakte met getekende portretjes. www.geluksroute.nu

Leuke spannende nieuwtjes, winacties, meet & greet met de makers, heldenpoppen en workshops voor jong en oud... Je vindt het allemaal op www.mijnheld.nu!